『初恋』

二人が踊っているのは、まるで絵か彫像のようにみごとな眺めであった。
(127ページ参照)

ハヤカワ文庫JA
〈JA759〉

グイン・サーガ外伝⑲

初　恋

栗本　薫

早川書房
5389

AFFAIRE D'AMOUR

by

Kaoru Kurimoto

2004

カバー／口絵／挿絵

丹野　忍

目次

第一話　クリスタルの早春……………七
第二話　仮面舞踏会………………八一
第三話　クリスティア……………一五三
第四話　幼年期の終わり…………二二七
解説／末弥　純……………………三〇三

初恋

登場人物

ナリス……………………………………クリスタル公
フェリシア………………………………パロのデビ。サラミス公の娘
リンダ……………………………………パロ王女
ルナン……………………………………聖騎士侯
フェイ……………………………………パロの魔道師
レオ………………………………………ナリスの近習
ジャン、ユアン…………………………ナリスの小姓
クリスティア……………………………アウス準男爵の娘
ダニーム…………………………………クリスティアの近習

第一話　クリスタルの早春

1

「失礼だな！」

ナリスが、かるくだが、明らかにけしきばんで、寝台の上に身をおこすのをみて、美しいデビ・フェリシアは内心ひどく驚いた。だがむろん、《宮廷一優雅な貴婦人》の称号をもって知られる彼女のこと、そんなおどろきを顔にあらわしてしまうようなぶしつけはしなかったが。

「もちろん、僕だってありますよ、ひとを好きになったことくらい。初恋もまだでしょうなんて、何を根拠におっしゃるのかな。この女《ひと》は」

珍しく向きになった十九歳の――二十歳も年下のうら若い情人の、美少女さながらに端麗な顔をみて、フェリシア夫人はくすりと笑った。

「別に、おかしなことじゃありませんわ。なんといってもナリスさまはまだ十九歳でいらっしゃるのですもの。——まだそんな、男女の機微だの、恋ごころの奥底だのをご存知なくたって——そうね、でも」

ものうく髪の毛をかきあげる。いつもはきっちりと結い整えられているつややかな髪の毛は、いまはいかにも女人の秘密を明かしてやろうとばかりに解かれて、ゆたかな白い乳房の上にも、なめらかな背中にも、無造作になだれ落ちている。

「私は十九歳のころにはもう、初恋も——その次の恋もすませてしまっていましたわ。こういうのはきっと女のほうが早熟なものなのか——それとも、ひとにはふたとおりあって——」

「それは違う」

「恋をしやすい人間と、そうでない——」

「その、ほのめかしは、我慢がならないな、フェリシア」

ナリスは、ほっそりした裸身を寝台の上に起こすと、さっき脱ぎ捨てた下着をひろいとった。そのましなやかに身をおこし、服を身につけはじめる。かれは黒い服が好きで、黒い服ばかり身につけていたが、本当は白い服やもっとずっと華やかな色あいのほうがよく似合うのに、と常日ごろ、フェリシア夫人は主張してやまなかったのだ。少年は、下着を身につけ、胴着をつけ、あわただしく足通しに足をつっこんだ。ほっそりとした優美な肢体が、ゆったりとした絹の大きめの衣服のなかに包み込まれてゆく。

「お気を悪くなさったの、ナリスさま?」

「……」

ナリスは答えない。背中に、このごろのばしはじめている黒髪が艶やかに流れ落ちている。それを、かれは無造作に手でかきあげて、服の襟の外に出した。

「帰ります」

「どうして?」

フェリシア夫人は、裸のまま、恥ずかしげもなく立ち上がると、ナリスの前にまわりこんだ。まだ、その豊満な裸身は、ぎりぎりまで豊満にはなってきたけれども、崩れは見せていない。腰のくびれはよくひきしまって、年齢からいったら、驚異的とさえいえるくらい、まことによくもたせている、というべきだろう。

「どうしてお怒りになったの? 私は、ナリスさまが、本当にひとをお好きになられることはあるのかしら、と申し上げただけですのよ」

「だから、僕が、そういう——」

ナリスは少し気持をかえた。

服をつけ終わると、そのまま寝乱れた寝台の上に腰をおろす。ついさきほどまで、はるか年上の、かれに女性のすべてを教えてくれた情人に、より高度の《レッスン》を受けていた、その寝台だ。

「あなたは、どうしてそう、年上ぶりたがるのかな」

ナリスは、うすく笑って、寝台のかたわらに置かれている瀟洒な象嵌の小机から、カラム水を入れた銀杯をとりあげた。

「それは、あなたの逃げのような気がするな、フェリシア。恋をするとか、ひとを好きになるとか――それは年齢だの、向きだの、向いてないだの――そんなものですることではないような気がしますよ、僕には」

「お口は相変わらず大人びてらっしゃるのね、いつもどおりに」

フェリシアはおもてには出さなかったけれども、少し心配していたのだった。

アルド・ナリスはパロ聖王国の青い血の王子の一人――それも本当ならば、亡父が現国王の兄である以上、もしもあのいまわしい反乱――それはとりもなおさず、当のフェリシア夫人をめぐって兄弟王子のあいだに勃発した、と云われているものだったのだが――さえなければ、かれこそがパロ聖王国の王太子として、ゆくゆくはパロの王位をつぐべき位置にあったはずの高位の王位継承権者である。そして、パロの聖王家の人間は、いずれも、その由緒ある輝かしい青い血をひいて、きわめて誇り高く、高貴で、そして非常な美貌に恵まれていることで知られている。アルド・ナリスはまさしく、その《パロの青い血》そのものが凝ってひととなったような王子である、とつねからパロ宮廷のものたちに噂されている。かれほどに誇りたかく、気位高く、そしてその誇りを傷つけられたり、疑われたりすることに激昂するものはいないのだ。

もしも、その気位を傷つけた——とナリスが本気で怒っていたのなら、フェリシアがたとえその手練手管をありったけ総動員しても取り返しはつかなかったかもしれぬ。だが、ナリスは、フェリシア夫人が心配したような怒りの表情を浮かべることこそ、あまりにも子供っぽい、と思ったようだった。

「そうやって、僕をやたらと子供扱いなさろうとすること自体が、僕にはあなたの——

——」

言いかけて、今度はナリスが口をつぐんだ。おのれの父が、弟とその愛をあらそったという伝説的な過去をもつ女——その、はるか年上の《パロ宮廷一の美女》と、情人としての逢瀬を重ねること——すでにそれは、口さがないパロ宮廷の宮廷すずめたちのうわさにもだいぶん上っていたのだが——それは、十九歳のナリスにも、「少なくとも二十歳は年上」のフェリシアにも、どちらにもなかなかに痛快なことでもあれば、また、お互いに必要なことでもあった。つまりは、かれらは、非常によく利害関係がつりあっていた、ともいえるのだ。

そしてまた、かれらは、お互いにそうであることをよく知っていた。かれらがそうして関係を結ぶようになったのは、熱く邪念のない恋ごころからだの、おのれではどうすることもできぬ、やむにやまれぬ熱情にかられて、などというものではない、（父アルシス王子と叔父国王が奪い合った傾国の美女を、僕が最終的に奪い取ってやる――）というあまりたちのよくない優越感だの、（ひとが年増と呼ぶ年齢になっても、パロ宮廷一番の貴公子、美少年、英才のほまれも高いクリスタル公アルド・ナリスをおのれのものにするくらいの力はあるということを、宮廷のものたちに見せつけてやる――）などという、これまたあまりたちがいいとはいえたものではない、計算づくのものであったのだ、ということをだ。

計算づくであったからといって、かれらが互いを賞賛していないというわけではなかったし、ナリスはフェリシア夫人のことを相当に好きであったたし、フェリシア夫人のほうがたぶんより多く、年若い最新の情人にうつつを抜かしていただろう。すでにもう、フェリシア夫人が「宮廷一の美女」のほまれをおのれのものにしてから、二十年以上の歳月が流れていた。そのあいだ、あれこれとかんばしい浮き名を流しつつも、フェリシア夫人はずっと「パロ宮廷一の美女」「もっとも優雅な貴婦人」「最高の恋の女神」の称号をほしいままにして、もっと若く、もっと野望にみちた女たちからその玉座を守り抜いてはきたのだが、さすがに、もう、おのれがナリスの母親であったとしても少しもおかしくないような年齢なのだ、ということはよくわきまえていた。

もうあと、おのれのその玉座も、もって十年はないだろう、ということは、女人であるフェリシアには、いたいほどわかっている。すでに、まだ十歳の童女ながら、現国王の掌中の珠であるリンダ王女が、いずれは美貌を誇る青い血の家柄にふさわしい、輝くような美女に育つだろう、というあかしははっきりとあらわれていたし、ナリスの乳きょうだいである、聖騎士侯ルナンの息女リギア姫も、近衛騎士団から聖騎士に昇進し、奔放で華やかな、うら若い男装の麗人として、宮廷じゅうの女たち、若い男たちのうわさと人気の的である。

（だんだん、私のことをふりかえってくれる男もいなくなるわ——）

それはこれだけの長きにわたって美の女神サリアの玉座に君臨したからには、フェリシア夫人には、覚悟のできていることでもあったが、

（これが、きっと——私には最後のひと花……）

うら若いクリスタル公との浮き名は、フェリシア夫人にとっては、とても大きな意味のある、女性としてのその輝かしい勝利にみちた生涯のさいごを飾る巨大な花にほかならなかった。

そしてまた、去年の誕生日、十八歳になって、晴れて日陰の身から、クリスタル公に任ぜられ、宮廷の主人公のひとりとしてデビューをとげたアルド・ナリス王子にとっても、フェリシア夫人との艶聞、というのは、とても大きなものであった。それは、かれが、その誕生日のときに従兄弟であり、剣の達人として将来を期待されているベック公ファーンを破って剣の道にみごとほまれの名乗りをあげたのと同様、クリスタル宮廷に、

「いろごとの達人」としての名乗りをあげる、ということを意味していたからだ。フェリシア夫人の情人、というのは、すなわち「宮廷一の美女をおのがものにした幸運で色事にたけた男」という名誉をおのがものにすることであった。それに、これは、ひそかにナリスも認めざるを得なかったが、幼いころに実母のラーナ王女の手元をはなれ、ぶこつなルナン侯を守役として育てられたナリスには、「成熟した美しい年長の女性」への憧憬とひそかな慕わしさはつねにひそんでいたのである。

その意味で、この《危険な関係》は、この美しくて頽廃的な二人の男女のどちらにとっても、非常に満足のゆくものであり、かれらは、まったくそれを中止する気持はなかった。実父と叔父が争った——ということは、ひとつまかりまちがえば義母のような立場にさえなったかもしれぬ女性と寝台をともにする関係になる、ということを、不道徳だ、とひそかに非難する淑徳ゆたかな老婦人や、頭のかたい老貴族などがいないわけではなかったが、ナリスは気にもとめなかった——むろんフェリシア夫人が気にとめるはずもなかった。

むしろ、ナリスにとっては、「フェリシア夫人」をおのれの生涯最初の情人に選ぶ、というのは、非常にいろいろなことを宮廷にたいして宣言する、という意味あいをも持っていた。それは、現国王——ターニア王妃とのあいだに一男一女をもうけ、きわめて円満に、幸せな家庭を守って清廉潔白に暮らしているアルドロス国王——に代表されるような、堅物で真面目で、堅気で家庭的で――というような男性には、自分はならないよ、という、宮廷に対する宣告でもあったし――それは同時に、「浮き名を流し、艶聞に包まれる」華麗な存在としてこののちもたくさんの女遊びを繰り返すだろう、という表明でもあった。フェリシア夫人と「添い遂げる」などということは誰しも夢想だにしなかっただろうし、フェリシア夫人――正確にいえばフェリシア未亡人――はそういう意味ではパロ宮廷にとっては貞淑なゼアではなく、浮気で華麗で恋多きサリアの代名詞であった。

そして、また、それは二十歳も年長の麗人をさえ、ちゃんと「乗りこなす」ことが可能なほどに――というか、経験豊富な彼女の薫陶をうけ、彼女を満足させるほどに、「達人」に――いろごとのか、それとも床のかはわからなかったが――として育ってゆくだろう、ということをも想像させたし、つまりは、フェリシア夫人の愛人である、ということは、パロ宮廷の浮かれ女、浮かれ男たちの輝かしい頭目、あこがれの色男代表に名乗りをあげる、ということだったのである。それが、ナリスの選んだ「どんな男として成人するか」という宣言だったのだ。

そのような、お互いにたいへんに都合のいい絆によって、しっかりと結びついていたフェリシア夫人とアルド・ナリスであったが、その上に、決してかれらは性格的な相性も悪くはなかった。いくらそうした部分がうまくいっていても、ナリスもけっこうへんくつであったし、フェリシア夫人はまた、ずっとこれまでちやほやされとおして生涯をパロ宮廷の女王として君臨してきたのだから、相当に我儘であることはいなめない事実で、もしもそういう部分で激突したら、いかに利害関係がうまくぴったりあったといっても、なかなかに二十歳も年のはなれた愛人どうしが仲良くやってゆくのは困難だっただろう。

だが、神のはからいか悪魔のしわざか、とでもいったように、ナリスとフェリシア夫人とは、はじめから妙にうまがあっていた。どちらもおそろしく気位が高く、誇り高く、おのれに対するどんな侮辱も許しておくような性格ではなかったが、いっぽうでは、ある種の客観性も保持していて、おのれがどうしてあいてにひかれているのかも、それがまた、かれらは、互いに、相手の不道徳さ、あるいは不道徳をよしとしようとしているところ、また、頽廃をことさらによそおってみせるところ、つまりは知的なところ、がおのれの弱点としっかり結びついている、ということもちゃんと意識していた。そしてとても気に入っていた。

それは、かれらに、いやが上にも「大人の関係」を大切にするような空気を育てた。そしてまた、かれらはどちらも快楽主義者であったし、しかもその実はけっこう真面目で勤勉であった――どちらも決してそうとは認めなかったに違いないが、つまるところは、フェリシア夫人にせよ、真面目だったからこそ二人の王子の恋争いに対して真剣に悩んで身をひくことにもなったので、だがひとから「真面目」と思われるのを恥だと思うほどには、屈折してもいたし、複雑でもあったのである。

そうして、フェリシア夫人には、うら若いナリスに教えてやるべきことがたくさんあったし、ナリスはナリスで、優しく艶雅な年上の女人に、どこでも見いだせなかったやすらぎを見出して、いつも決して年齢相応の幼い顔を見せたことのないかれとしてははじめて、ゆったりと甘えるべき胸を見つけだした気持でいたのである。

さよう、かれらは、はたから見れば意外にも見えようが、内実はこの上もなく、つりあった組み合わせでもあれば、とてもしっくりとあった愛人どうしでもあった。だがまた、それで、二十歳も年下の情人を持っていれば、年長の女としてはやきもきせずにはいられないし、また年下の情人のほうは、たえず、「子供っぽい」と揶揄されることをおそれる。それもまた、フェリシア夫人とナリス、というほどに複雑で世慣れた組み合わせにしても――ナリスのは、世慣れているというよりは、極力そう見せかけようとしている、といったほうがよかっただろうが――避けられぬ当然のなりゆきでもあった。

かれら二人は、どちらも、あまりにも気位も誇りも高かったので、そうと決して認めることはなかっただろうが、実際には、たがいをとても必要としているだけでなく、かなりの程度において、すがりついてもいたのだった。だが、かれらはあまりにも自信家でもあれば、気取り屋でもあり、また見栄っぱりでもあったので、そんなことを――自分がどんなに相手を本当は好きで、必要としていて、そして必死に求めているか、などということを認めるくらいだったら、舌を嚙みきって死んだほうがマシだ、と思ったことだろう。それでも、いまのところ、かれらにとってはすべては優雅なゲームの域を出ておらず、だから、かれらにとっては、何もかもがなかなかに快適であった。かれらはいずれも、自分は「勝者たるべく生まれついた」——恋愛においてだけではなく、人生についても、何ごとにおいても——人間なのだ、と確信していたのである。

だから、フェリシア夫人の勝利と安泰がおびやかされるのは、彼女がついつい、おのれの経験とそして年輪と、これまでの数々の輝かしい戦績とをひけらかして、年若い情人の劣等感を刺激しすぎてしまったり、あいての若さや経験不足を迂闊に指摘してしまったりしたときであった。また、ナリスの側にとってみれば、本当はフェリシア夫人の「お情け」で、「一人前の男」として認めてもらっているのではないか——本当に自分が嚇々たる戦果を上げているのかどうかは、本当はフェリシア夫人相手では永久にわからないのではないか、という不安だってなくもなかった。それはもう、こうした男女の間柄では、絶対に逃れることのできないことがらだったかもしれないのだが。

「まあいい」

ナリスは、ちょっとそれで、自分は怒って撤退するのではない、ということを、フェリシア夫人に示して安心させた、と考えたので、気分の優位を取り戻してにっこりした。

「僕は今夜はもう行かなくちゃならない。今夜じゅうに読まなくちゃならない本もあるし、それにあしたは、オー・タン・フェイ老師の講義なんです。早起きしなくちゃ」

「お勉強ですこと！」

フェリシア夫人はあくびをした。そして、急に、もうすっかり夜がふけている——というより、どちらかというともうそろそろ日付が変わりかけていることに気が付いたふりをした。

「まあもうこんな時間！　じゃあ、公爵様は戻ってお勉強をなさいませ。お婆ちゃんは、たくさん寝ないとお肌に悪うございますのよ」

「そんなこと、思ってもいないくせに」

ナリスはいって、いかにも世たけた愛の探究者然と全裸のフェリシア夫人の頬にキスした。

「またね、フェリシア。明日とあさってと——それから二日ばかり、ちょっと僕は忙しいので、カリナエにたてこもっているかもしれない。なんだかんだと、老師に提出しなくてはならない論文だの、おまけにマルガの財政状態についてのどうのこうのなんていう書類まであってね。なんだか、自分がいったい何をやっているんだか、よくわからなくなりますよ！——では、お休みなさい。楽しかった」

「お休みあそばせ、クリスタル公閣下」

「それからね」

出てゆきかけて、ナリスはちょっと意地悪そうにふりかえった。

「さっきのお話だけれど」

「え。何のことでしょう」

「僕が、誰もまだ愛したことがない、という話ですよ」

「まあ、まだ覚えていらしたの。執念深い」

「いわれない汚名は我慢ならないからね」

ナリスは気負って云った。さしもの優雅で決して敵にうしろを見せないだけでなく隙をも見せたことのないクリスタル公爵も、わずか十九歳のみぎりとあっては、向きになればなるほどその本心が見え透いてしまう、というところまでは気づけなかったのも、いたしかたのないところであると云わなくてはならなかったかもしれぬ。もっともフェリシア夫人以外の相手には、そんな子供じみた気負いを見抜かれることはまずなかっただろうが。

「いわれのない、とおっしゃいますのね」

フェリシア夫人はようやく、夜着をひろいあげ、豊満な裸身にまといながら、口に手をあてて笑った。せっかくまとっても、それは羽根のようにうすい透ける素材で出来ていたので、そのどんな男でも夢に見るような、サリアそのもののような成熟した女体を、隠すよりはむしろ強調する役にしかたってはいなかったのだが。

「ああ、云いますとも。僕がまだひとを好きになったことがない、恋したこともないだろうなんて誰にも云わせませんよ。僕はこれで」

「これで、何ですの」

今度は用心深く――本当に王子のプライドを傷つけぬように気を配りながらフェリシア夫人はきいた。ナリスはかるく、親しみをこめて相手をにらんだ。

「こうみえて――あなたの教えて下さったあれこれをそのまま温存している、なんていうのは性にあわない。ちゃんと、実践に使わせてもらっていますよ……僕が、いつまでもあなたひとりのものでいると思ったら大間違いですよ」

「そんなこと」

「怒った――？」

ちょっとだけ心配そうに、ナリスはきいた。フェリシア夫人は笑い出したくなるのをつつみかくした。フェリシア夫人にしてみれば、そのようなナリスこそ、一番可愛らしくもあれば、年相応でもあったのだ。

「私が申し上げているのは、そんなことではございませんのよ、殿下」

フェリシアは云った。

「あなたが、宮廷じゅうの若い女の子たちと――身の程知らずの年増女たちと、おまけに女の子より美しい少年に心ひかれる騎士や貴族の皆さんのあこがれの的で、よりどりみどりで、どんな恋の機会でも目の前に開かれているし、その機会を無駄になさるあなたではない、ということは、よく存じ上げていますわ。いろいろうわさもうかがいますし」

「……」

ナリスはちょっと考えこんだ。

フェリシア夫人は、恥ずかしげもなく、透ける夜着に包んだからだを寝台の上に投げ出しながら続けた。

「恋をすることと——そういう、遊びにたけていることとは全然違うことですのよ。でもそんなこと、申し上げなくてもよくおわかりですわね」

「そのとおりです」

もったいぶって、ナリスは云った。フェリシア夫人は、つとナリスをさしまねいた。ナリスは寝台に寄っていって、夫人の上に身をかがめる。夫人は、腕をのばして、ナリスの頭をかかえよせ、その唇にそっと唇をふれた。

「可愛いかた」

フェリシアはささやくようにいった。

「そう申し上げたからといって、子供ね、と云っている、なんてお思いにならないで。

──あなたのことを、子供扱いしたことなんかございませんわ。そもそものはじめから」

「あのときは、されてもしかたがなかった」

ナリスは言い返した。そしてフェリシアの唇をわざとよけて、額と鼻のあたまと、そして首すじに唇をつけた。

「だってあのときには僕はたったの十六歳だったのですから。それに本当にあのときは子供だった──その扉をあけてくれたのだってあなたで──」

「驚いてしまいますわね」

フェリシア夫人はものうくいった。

「もう、三年もあなたとこうしているなんて。私にとっては、それだけでも、幸運すぎるような──奇跡のようなこととしか云いようがありませんわ。こんなお婆ちゃんですのに」

「もう一回、自分のことをお婆ちゃんなんていったら、お仕置きですよ、フェリシア」

ナリスは優しく云った。そして、彼女の腕をもぎはなして身をおこした。

「さあ、行かなくちゃならない。あなたとこうしているといつもあなたの手練手管で夜があけてしまう」

「何をおっしゃることやら」

フェリシアはつぶやくようにいった。

「また、連絡しますよ」

言い捨てて、ナリスがすらりと扉を細くあけて出てゆくのを見送る。それから、手をのばし、寝台のわきの小卓にのっている常夜灯のろうそくを吹き消そうとして、ちょっとものうげに吐息をもらした。

「あなたは、子供ですわ——自分で思ってらっしゃるよりもずっと」

フェリシアは聞こえぬようにつぶやいた。むろん、ナリスの耳にそのつぶやきが届くはずもなかった。

「もしかしたら、あなたは一生——誰も愛するなんてことはなさらないんじゃないかと思うことさえありますのよ。……でも、それは私にはいいことだわ。——だって、あなたがもし本当に誰かと心の底から恋に落ちたら……とても、私になんか勝ち目はありませんもの。私はあなたが一生、恋をなさらないように祈ってさえいるんですわ。おいとしい、美しい私の殿下——お若いナリス王子さま」

2

「こ――恋……？」

ちょうど、ナリスがそのことばを口に出したとき、ルナンはまさに朝食のひきわり麦粥を飲み込もうとしている瞬間だったので、あわや粥をテーブルじゅうにまき散らしてしまいそうになった。気の毒な堅物のルナン侯にとっては、そんな単語など、自分が口に出すことさえ、思いもよらないことばだったのだ。

「何をやぶからぼうに」

「やぶからぼうではないよ」

ナリスは不満そうにいった。どうせ、こうしたことを、ルナンに相談してみるくらい、ばかげたことはない、というのは、百も承知だったが、それでいて、ナリスのなかにフェリシアがかきたて、そして一晩のあいだに根付いてしまったふとした不安は、どうしても、なんらかのかたちで口に出して見ずにはいられないような種類のものだったのだ。

「そんなに驚くことはないじゃない、ルナン。――ルナンだって、昔は若かったんだろう？　初恋はいつしたの、ときいただけじゃないか」

「昔は若かったとはずいぶんなことをおおせになりますな！」

ルナンは唸った。そして、慎重に粥を飲み込み、水を飲んで気持を落ち着けてから、まじまじと自分の自慢の養い子を見つめた。もう、いつのまにか、あの小さな子供が、そんなことを言い出す年齢になったのか、という感慨にとらわれたのである。

「誰だって昔は若うございますし、そのうちに年だって取りましょうよ！　それはもう、誰にだって平等なただひとつのもので」

「そんなことを云ってるんではないよ」

ナリスは不服そうに唇をとがらせた。

「だから、ルナンの初恋はいつだったのか、と聞いているのじゃない。そのくらい、覚えているだろう？」

「そのような、みだりがわしきことは……」

ルナンの返事はしかし、ナリスの意気を阻喪させるにも程のあるようなものだった。

「武人といたしまして、色恋だの、惚れたはれたなどということは論外でございますからな。……そりゃ、若気のいたりでひとを好きになりもいたしましたが、そのようなものは、お国のため主君のためという、大義名分の前には鴻毛に等しきもの——私が家内と結婚いたしましたのは、この女ならばしっかりと家庭を守り、よい子を生んでくれようという——しかしながら、残念ながら男児にはついに恵まれませなんだが——」

「でも、好きだから結婚したんだろう？　そうじゃないの？」

「ナリスさま」

ルナンは、そういうことを、あけすけに話し合う——ことにナリスとだ——のには、およそ向いてもいなければ、馴れてもいなかったので、動転して、立ち上がってしまった。

「私に何を云わせようとお考えですので。じいは、そのようなお話のお相手をするにはいささか年をとりすぎておりますよ。明日になればリギアめが兵営から戻って参りますから、お話相手になれましょうかと。じいのことは、堪忍してやって下さいまし」

「なんだ……」

ナリスは、ルナンの前でだけ見せる、子供っぽいようすでちょっと頰をふくらませた。

だが、そこに給仕の小姓がカラム水のつぼを持って入ってきたので、さっといつものおとなびた、平静で、何ごともその平静をくつがえすことはかなわぬ、といったようすをとりもどした。

「いいよ、わかったよ」

言い捨てて立ち上がる。こんどは、椅子にまた尻をおとしたルナンはちょっとあわてたふうにナリスを見上げた。

「もう、召し上がりませんので？——なにか、じいが、余分なことを申しましたか」

「そうじゃないよ。もう充分いただいたよ」

「また、そんな、小鳥ほどしか上がらないで……そういうことだから、いつまでたってもそんなに細くて——」

また、いつものこごとがはじまりそうだ、と悟って、すばやくナリスは室を出てしまった。

十八歳の誕生日に、王族中最高位の大貴族たるクリスタル公を正式に拝命して以来、ナリスの日常の生活は、湖畔のマルガの離宮での、静かで自由なものから、父アルシス王子の正式の宮殿であったカリナエ小宮殿を受け継いだ、クリスタル・パレス内での、かなり窮屈な格式張ったものに変化をとげている。

だが、基本的には、まだ勉学を続けている身であるので、ということで、ナリスの毎日は、まだクリスタル公としての任務が大半をしめる、というところまではいっていない。いずれ二十歳の誕生日をすぎれば、いやでもそうせざるを得ないだろう。文武の双方にわたってクリスタル宮廷の最高位の貴族、統率者であるクリスタル公は、いずれはパロ王の宰相、あるいは武人としては各聖騎士団を率いる聖騎士侯のたばねとして、王の最大の補佐役となることがさだめられているのだ。

それはまた、王位継承権者として、もしもかれよりも上位の王位継承権者——この場合には、アルドロス国王直系の子供たちである、レムス王太子、リンダ王女、そしてターニア王妃――に何か不足の事故があった場合にはただちにパロ国王の責任を引き継ぐことが求められる地位でもある。

そうした、きわめて重大な位置にある身であるから、日々しなくてはならぬ勉強も、義務としての仕事も、きわめて多い。ことに、ナリスが、若きクリスタル公として就任した直後には、文官たちのほうからも、また武官たちからも、その適任をあやぶむ声がしきりとあがっていたものだが、この一年のあいだに、ナリスがせっせと真面目にその任務をつとめあげたためだろう。最近では、「若いながらなかなかの切れ者」だとか、「やることはきちんとやる人物」といった評価が、非常に高まってきている。

そしてまた、そうやって評価が高まってくればくるほど、数え切れぬ雑務、公務で多忙になってしまうのも、高い地位にあるものの宿命である。

まして、クリスタル公であるほかに、ナリスは、父から受け継いだ地位として、カレニアの領主、マルガの領主、クリスタルのクリスタル公直轄領の領主、といった数々の任務をも兼任している。それだけでも、ひっきりなしにあれやこれやの決定事項や相談が持ち込まれ、それだけを真面目にこなしていても、毎日がとうてい時間が足りない、ということになってしまいそうだ。

その上にナリスはあくまでも、学問をあきらめようとはしなかった。十七歳まで、王立学問所に通ってみっちりと学んでいたナリスだが、もう、王立学問所に通うことは、クリスタル公という身分になった以上認められない。かわりに、かつてナリスが象牙の塔に通って学んでいた老師、碩学たちがカリナエにやってきて、ナリスのために個人指導をすることになっている。

そしてまた、ナリスは、ぼつぼつと自分で資料を集めたり、研究をはじめようとしているものもいくつかあった。あまり日頃口に出して云いはしないが、ヤヌスの塔の地下深く、パロの三大謎の最大のものとしてちょっとでも知的好奇心のある人間の野心と注目を集めている、例の古代機械についての研究である。

それについても、若い研究者を集めて自分の手足として動いてくれるようにしたい、というのがナリスのひそかな考えであったし、そのためには、研究者たちにひけをとらないだけの知識をそなえていなくてはならぬ。その上に、クリスタル公は最高司令官としてパロの武のかなめでもあるので、閲兵式、訓練など、武人たちの催しにも出席しなくてはならない。そうなると負けず嫌いのナリスのこと、そのなかで誰よりもすぐれたレイピアの使い手、誰よりも素晴らしい騎手、射手、そしてすぐれた武将でありたい、と考える。そうなれば、そのほうの勉強も必要である。

ともかく、一日が何百時間あっても足りないようなのが、ナリスの昨今の日常であったが、その上に、ナリスは、宮廷では何ひとつ多忙なことなどないかのような顔をしてみせたいのである。色ごとにもせいをだし、浮き名も流し、いかにもゆとりたっぷりに、すべてを鼻歌まじりにこなす超人的な――それが、ナリスの望む、宮廷のものたちに見せる顔であり、ちょっとでも自分の負担が重すぎる、忙しすぎる、などということは匂わせようともしない。

まだ十九歳であるから、さしもの細く華奢なかれもそれなりに体力はあって、フェリシア夫人と夜更けまで情事にふけった翌日でも、早起きをして本の一冊も読み、多忙な一日のはじまる前にちょっと論文の下書きくらいすることもできたのだが、もともとが決して丈夫なほうではない。あまりこういう生活を続けていると、いずれは自分につけがまわってくるだろう、ということも、わかってはいる。だが、そこであとにひくかれではなかった。

(恋、か――)

どうやら、金石の如きルナン侯にそんなことを持ち出したこと自体が、おのれの失敗であったと認めて、とっとと私室に退却したナリスは、居間の机の前に陣取って、朝のマルガ領からの謁見希望から夜の祝賀舞踏会まで、ぎっしりと今日の予定表を眺めてため息をついた後、早速、昼の予定であるオー・タン・フェイ老師の講義がはじまる前に予習をしておこうと、歴史学の分厚い書物を手に取ったが、それを机の上にひろげたまま、われにもあらず、ふっと奇妙な吐息をもらした。

（失礼だな、フェリシアは……僕が恋をしたことがないだなんて——そんなことを、いかにも見抜き顔にいうなんて）

（でも——本当だから、仕方ないけれど……）

誰も見ていない、とはっきりと確信できたときだけ、ナリスの端麗なうら若い顔は、まだわずか十九歳の、本当はまだ自分の人生にようやく帆をあげて乗り出したばかりで何も確信も、経験も持っていない少年の顔にかわる。小姓でも侍女でも、ひとりでも入ってこようものなら、たちまちにそれは、落ち着き払った、もういまより十歳も年を重ねていそうなおだやかでとりすました《クリスタル公閣下》の顔に変わってしまうのだ。

（恋か……）

（それは、確かに、私はそれほど熱情的なほうとはいえないだろうな……確かにとても情熱家というわけじゃない。——フェリシアにもしも、それがばれたのだったら——イヤだな）

（あんまり、好きじゃないんだ——色恋沙汰などということは……）

何よりも、ナリスは、泥臭いこと、あか抜けないこと、そして、ごたごたと面倒くさいことが嫌いである。

すっきりとして論理で割り切れること、洗練されたこと、そして冷静沈着とか、涼しい顔とか——そういうのが、何よりも格好がいいと思っている。

（それに——恋なんて……自分で、しようと思って出来るものなのかどうか、わかったものじゃないし——いや、きっとそうじゃないんだろうな。そういうことを、考えていること自体が……フェリシアのいうとおりなんだろう。私はきっと恋に向いていないいんだろう——それとも、ただ単に経験がないだけで——もしも、そういうサリアの嵐に見舞われたとしたら、この僕も——たちまち、よくあるような《恋する男》にかわってしまって、下らない大騒ぎを演じることになるのかな。そんなのは——考えただけでも滑稽な気がするけれども！）

（フェリシアのことだって、嫌いじゃない——でも、恋か、といわれたら——はじめから、でも、それは、色恋沙汰じゃあない、ということは、お互いわかっての上でこうなったんだから……）

（いずれ、結婚するにしても——妻をめとるにしても、たぶん私は——政略結婚にならないまでも、『クリスタル公閣下に一番ふさわしい』という理由でしか、妻を選べなくなるんだろうから……第一、妻と恋というのはなんだか、結びつかないような気がするな……）

ナリスは、くすっと笑った。そして、本を開いたまま、熱烈な不倫の恋に落ちて煩悶するおのれの姿を想像してみようとしたが、どうしても現実味のある想像をすることが出来なかった。むろん、そういうことがらに対して、ほとんど同年輩の友達もいなければ、そういうちまたのことがらを話してくれるような相手もいないのだから、何の材料もなかった、ということもある。

(恋か――なんだか、そんなものより、もっとずっと大事なものがたくさんあるような気がするんだけれどな――女の子は、恋だ愛だと騒いでいてもしかたないけれども、男児たるもの――)

「恋か……」

「は――?」

思いもよらず聞き返されて、ナリスは珍しく真っ赤になりながら、我に返った。知らず知らず、想像してみたり、あれやこれやと考えてみるのに没頭してしまって、かれとしてはあるまじきことにも、誰かが入ってきたことに気づきもしなかったのだ。目の前に立っていた近習は、フェイ老師が到着したことを告げにきたのだが、声をかけても返事がないばかりか、突然「恋か……」と夢見るように云われたので、仰天して、こちらのほうも真っ赤になって突っ立っていた。見るから朴訥そうな、まだ若い、色白で骨太のちょっと北方の血でも入っていそうな青年である。

「あ――いや……」

ナリスは、たいていのことでは顔色ひとつ変えぬよう訓練をつんでいるかれとしては珍しいほどにうろたえた。もっとも、おもてはあくまでも冷静だったので、相手には、とうていナリスが柄にもない想念から洩れてしまったひとことを聞かれて、どんなにうろたえているか、はわからなかっただろうが。

「あの——あの、その……」

近習はおろおろと口ごもった。

「あの、恋——ではございませんで、その、フェイ先生が……その、あちらの……」

「フェイ老師がおみえになったのね。わかった」

ナリスはようやく、とどろく胸をおししずめ、日頃のかれらしさを取り戻した。少なくとも表面上は取り戻した。このあと当分、たぶん一年や二年のあいだは、このうっかりしでかしてしまった失策のことを思い出しては、ことのほかに見栄っぱりでおのれの失敗にきびしいかれの心は、夜中に半狂乱になるに違いなかったのだが。

「何、どうしたの。——いま行くよ、ええと」

「レオでございます」

近習のほうはまだ動揺がおさまらぬようだった。まだその色白の顔が真っ赤に染まっている。ナリスは、相手があまり見慣れぬ顔である、ということにようやく気が付いた。もっとも、カリナエでは、ナリスのそば近くかわるがわる当番で仕える近習組だけでも、二百人をこしている。そのほかにもっと年若な小姓組のものが二百人、侍女が五百人以上いるのだ。顔と名前など、いかに記憶力のすぐれたナリスでもいちいち覚えていられれよう筈もない。

もっとも、ナリスは、胸に名札をつけさせておいて、いきなりその名前で話しかける、という方策をとっていて、これは相手にはかなり、(公爵様のようなお偉いかたが、自分の名前を覚えて下さった)と思わせ、感動させる効果がかなりあった。そのような人心掌握の秘術については、フェリシアに教わるまでもなく、ナリスは生まれながらにたけていたのであった。そういう人間がいるものなのである。だから、名札を見るゆとりもなかった、というのは、ナリスもまだまだ動転していたのだった。

「お前は、あまり見ない顔だね。——ごく最近なの、カリナエにあがったのは？」

「いえ……もう、二年になります——が、ずっとお外廻りにおりまして……このたびの異動で……恐れ多くも、殿下のおそば仕えの近習班に入れていただけることになりまして……」

レオの顔はまだ赤い。目をふせたまま、ナリスのおもてを見ないようにしているようだ。

「ずいぶん、色が白いんだね、どこの生まれ？」

「わたくしは——マリアの生まれでございますが——母方に、ケイロニアの血が入っておりますので……」

「ああ、そうなんだ」

パロでは、ケイロニア人との混血、というのはなかなかに珍しい。

が、ナリスは、さして興味もひかれなかった。

「それで色が白いんだね。――先生はいつものお部屋だね？――小姓に、いつものカラム水を持ってくるように云っておいておくれ」

「か、かしこまりました。殿下」

「お前は」

ナリスは立ち上がって、ちょっと眉をひそめた。

「確かに新参らしい。この宮では、僕のことを、殿下、とは呼ばないように――閣下とも ね、命じているのを知らないの？　僕のことは、『ナリスさま』と呼ぶようにね」

「か、か、かしこまりました。申し訳ございません、殿下――」

言いかけて、レオはこんどは蒼白になった。

「申し訳ございません。ナリスさま」

「いいよ、もう」

ナリスは肩をすくめると、結局予習しそこねた分厚い歴史学の本と、それにノートと筆記用具をまとめて入れた箱を持って室を出ようと歩き出した。レオはあわてた。

「わ、私がお持ちいたします」

「大丈夫だよ、自分のだから」

「いえ、でもあの——殿——い、いやその……」

よほど、うろたえるたちであるらしい。

へどもどした瞬間に、レオは、ナリスの手から本をもぎとろうとして、じゅうたんの上に落としてしまった。

「あァッ」

悲鳴のような声をあげたのはレオのほうであった。

「申し——申し訳ございませ——」

「いいよ、そんなにあわてなくても——いいったら、自分で持ってゆくよ。大事な本だからね。落とされては困るから」

ナリスは眉をひそめた。そういう表情をすると、肩の下までのびかけている艶やかな黒髪をふわりと垂らし、華奢で骨細なからだにゆったりとした黒びろうどのトーガをまとい、その胸に紫水晶のまじない紐をかけ、《王家の環》を前髪をきれいに切りそろえた髪の上にまわしてしめて、黒びろうどの袖から細い華奢な白い指先をのぞかせているナリスは、たぐいまれな美少女のように驕慢で艶冶に見える。

レオは雷にでもうたれたように立ちつくした。そのおもてに、みるみる悄然としたものがのぼってくる。

「申し訳ございません」

蚊《イライラ》の鳴くような声でレオはわびた。ナリスはちょっと冷たい気分になった。

「この本はとても大切な本だからね。余計なことをしないで。——そのカラム水だけ、さげておいてくれ」

「——はい」

何だか茫然と立ちつくしているレオをあとにとりのこして、ナリスはとっとと箱をもったまま、廊下に出ていった。ふと気になって肩越しにふりかえったのは、何かの予感だったかもしれない。

レオは、まだ、茫然と立ちつくしていた。そのおもてはまるで幽霊でも見た人のように蒼白になり、その目は、見開かれてナリス自身の後ろすがたにあてられていた。ナリスがふりかえったと知ると、彼は気の毒なほどあわてふためいて視線をもぎはなし、伏せようとした。だが、その目はまるではりつけられてしまったように、ナリスからひきはなすことが出来なかった。

(なんだ、あいつ——)

ナリスはなんとなく不愉快だった。そういう異様な目で凝視されることには、幼いころから馴れていたし、べつだん、そういうのをいちいち気にとめたこともない。だが、レオのその目には、何か、ふっとナリスを不快にさせるものがひそんでいたのだ。

(なんだ、あいつ——まるで、雷にでも打たれたみたいに——まるで、ひと目で恋にでも落ちたとでもいうみたいに――)

その直前に考えていたことがことだけに、思わず、また首をまげてふりかえる。レオは、まだ、動くことさえ忘れてしまったかのように、茫然とナリスの後ろ姿を見つめていた。もう、ナリスと目があっても、そらすことさえも出来なくなってしまったかのようだった。ナリスは、おのれの思ったことが、どうやらおのれの思い過ごしでもなんでもなさそうだ、と考えた。

(なんだ――あいつ、はじめて私を見たのかな……化物でも見たような顔をして、ほんとに、ひと目で恋に落ちてしまったのかな。ばかばかしい)

扉をしめると、レオの茫然とした顔は見えなくなった。ナリスはちょっとくすっと笑った。

(僕のことなんか、何も知らないくせに。――よくそうやって、ひとはちょっと見かけがいいとか、ようすがいいとか――綺麗だとか、そういうことだけで何も知りもしないで恋に落ちられるものだなあ。――そんなのは、私にはわからない。私にはそんな暇なんかないんだもの。――あんまりやることが多すぎて……やっぱりどう考えても、フェリシアが何を云ったからって、ひとを好きになる、なんていうことがそんなに重大なことかと思ってしまう。そんなに大事なことだとは思えないな……もっとずっと面白いことがいくらでも――そう、フェイ先生の講義のほうが、僕にとっては色恋なんてことよ

りもずっと面白いような気がするんだけれども——)

(それを、子供だから、といって片付けるなんて、フェリシアも意地が悪い、というより、やっぱりフェリシアも、いくら良く出来てるように見えても女なんだ。——世の中のすべては色恋が第一だと思ってしまっているんだな。ご生憎様だ——そんなことはありゃしない。そんなもの、そんなに重要でない人間だって、世の中には存在するんだ。——フェイ老師は、恋をなさったことはおありなのかな。あったとしてももうたぶん、五十年や六十年は昔の話なんだろうな)

それでも、そのようなことがらが、いつにもなく頭にうかんで消えない、ということそのものが、フェリシア夫人が少年王子のうちにかきたてた、奇妙な動揺のたまものには違いなかった。

ナリスは、頭をふって、つまらぬ考えをその黒髪のかたちのいい頭から追い出そうとした。そしてかれは急ぎ足に、老師が歴史学の難しい講義をしようと待っている部屋へ入っていった。

3

「いやいや、そんなことはない。恋情というのは、人間にとっては、たいへん大きな影響力を持つものじゃからの」

案に相違して、というべきか――

まったく鎧袖一触で「余計なことを考えているひまがあれば、もっと勉学にせいを出しなされ」と怒られるかと思いのほかに、オー・タン・フェイ老師の温顔は、ナリスのそのことば――「このごろ、いろいろとひとの恋情というものについて考えておりまして……まったく、老師には、御興味のなきことがらかと存じますが……」ということばをきくと、やさしげにほころびたのだった。

「そうでしょうか？」

「ああ、そうじゃとも。――わしとても、木石ではない。おおいに、恋をしたよ。――まあ最後に女人に心を動かしたのは、もう何十年も昔、というような、殿下のようなお若いかたには想像もつかぬような話になってしまうが、わしはむしろ、たいへんに――

まあ俗っぽいことばで申せば、惚れっぽい男であったようでな。はじめて、女人というものをこの上もなくいとしい、可愛らしい、よい、と思うたのは、まだそれこそ、殿下よりももっと年端の行かぬ頃のことでございましたよ」

「そんなにお若いころに──でも、そのお相手の女性のことは、覚えておいででございますか？」

「ああ、もちろん。それは、王立学問所のまかないを手伝うていた、ごく小柄な少女でありました。いっときは、ずいぶんと悩み苦しみ、このように学問の道にすべてを打込もうと学問の神カシスに願をかけ、神聖な誓いをたてていながら、女人に心動かすなど、たわけた、許し難きふるまいではないかと煩悶したものじゃ」

「その……恋愛は、それで、実ったのですか──？」

「いやいや」

フェイ老師はほほえんだ。白髪のその温顔は、もう百年も前からそのままの老人であるように見えたのだが。

「実らぬものが初恋だ──と、アレクサンドロスもそのようにいうておりますよ。アレクサンドロスといえば、若い学究たちは、まったくの、偉大な軍師、哲学者、発明家、建築家、著作家、などという側面しか知らぬ。だが、『アレクサンドロス備忘録』などという、人間味あふるる著作も遺した彼は、その著作のなかで、おのれがどんなふうに恋をしたか、恋というものにあこがれ、あたたかな家庭や優しい妻にあこがれ求めていたか、というような思いを率直に綴っている。結局、アレクサンドロスは生涯孤独に過ごし——生涯、といっても、そのさいごは謎につつまれ、ある夜突然に虚空に吸い込まれるように消え失せた、と証言したものもあれば、ノスフェラスをたずねるといってかえってこなかった、というものもあり、アレクサンドロスは『まだ生きている』とさえ云う伝説すらもあるのだが——つまりは、アレクサンドロスは、求めて得られなかったからこそ、いっそう、ひとしお女人に憧れた、とも申せましょうが」

「アレクサンドロスがそのような書物を——それは、寡聞にして、存じませんでした。早速、図書室を調べさせて、読んでみることにいたします」

うら若い王子にして王位継承権者、クリスタル公であるまな弟子が、落ち着いた、いかにも学者らしい口調で冷静にいうのを、フェイ老師はなんとなく、いかにもほほえましい、というようすで眺めていた。老師にとっては、この王子の客気も野望も、よそおわれた冷静さと沈着さの底に潜む、むしろひとなみはずれて激しく夢見がちな気性も、すべてはお見通しであったのだ。

「アレクサンドロスは、アルカンドロス大王の第一王女アリアドナ姫にひそかに懸想していたが、かなえられるわけもなく、それで生涯独身を貫いた、という伝説もあるのだよ」

「はあ……」

「アリアドナ王女はのちに、嫁ぐことなくゼアの尼僧となって生涯純潔に神殿の巫女として清らかな一生を送る。——まことは、アリアドナ王女とアレクサンドロスは互いに憎からず思っていた、と分析する者もある。アリアドナ王女は、のちにいくつかの結婚の話を言下にことわり、ゼアに忠節を尽くしたとされているのでな。——当時はいまよりもずっと青い血のおきては厳しかった。第一王女ともなれば、決して、素性の知れぬアレクサンドロスのようなものに嫁ぐことは許されなかったであろう」

「でも……」

「何だね？」

　おだやかにフェイ老師はいった。

「何なりといってみるがいい」

「私にはわからないだけなのかもしれませんが——結婚などというのは、そのように大切なものなのでしょうか？　私はどうも、ひとがみな、色恋だ、恋愛だ、結婚だ、ということにばかり、血道をあげすぎるような気がいたします。——それが生涯を決定する最大の事柄になるうら若い女性であれば、それもやむをえないことかもしれませんが、大の男たるもの——志をもつ男児たるものまでも、色恋だの、結婚だの、ということにそうそう騒ぎたてるというのが、私には——そもそも、結婚などというものは、恋愛の墓場とも呼ばれており、もっともひとを幻滅させやすいものなのではないでしょうか？　結婚して、その恋い慕うたひとと朝から晩まで日がな一日一緒に暮らすようになる、などというのは、はたして恋愛の成就といっていいのでしょうか？　むしろ、それはある種の地獄、とでもいっていいのではないでしょうか？」

「わしはもう、これで三十年以上ひとりの女と結婚しておるが、一日として、彼女と結婚したことを地獄だと思うたことも、悔いたことも、失敗したと思うたこともないよ」

温和に笑いながらフェイ老師が云うのをきいて、ナリスはちょっと赤面したが、なおも云い止めなかった。

「失礼いたしました。それは、老師のように、お幸せに、恋する女性と一緒になられて、そののち長い生涯を幸福に送られる、選ばれた、恵まれたかたもおいでになって当然でありましょう。——でも、ご存知のとおり、私の父は、青い血のおきてによって、血族をめとらねばならず、年はいくらもかわらぬとはいえ、叔母であるラーナ王女を妻にめとりました。その結婚はとても不幸なものであり、その結果として、ラーナ王女もアルシス王子もどちらも、生まれてきたその結婚の結果——つまりわたくしですが——をいとしいわが子と感じることはありませんでした。私は、生まれながらにして、不幸な結婚の結果の邪魔者だったのです」

「……………」

「それを思うと、私は、結婚という制度さえなかったら、もっと私の父も母も幸福だったのではないか、と思うのですよ。——父は結局身分いやしい侍女を愛してその侍女とのあいだに偽りの《幸福な家庭》を築きましたが、その女性は父の死後、あとを追って絶食して死にました。そして私の母は、なるべくなら二度と私と顔をあわせることもなく、ゼア神殿の尼僧として生涯を終わろうと考えているようです。母も、父に無理矢理嫁がされる前に、ひそかに恋していた身分違いの騎士がいたのだ、という話を口さがない侍女たちから、聞いたことがあります。——色恋だの、結婚だの、そんなことばかりがどうしてそんなにみんな、大事だ、重要だと思うのか——私にしてみれば、そんなものさえなければ、もっとずっと心やすらかにみんな日を送れるのではないのか、と云いたいところです」

「殿下のようなお生まれ、お育ちであってみれば、そのように思われるのも無理からぬことやも知れぬ」

フェイ老師は微笑んだ。その微笑みは、いくぶん、あわれみにかげっていた。

「失礼ながら、ひとの幸不幸は、そのひとの御身分や富、また才能でさえ決まるものではない、と思うでな。——わしは、おのれの生涯の幸福は、妻のリーに会ったことだ、と思うておるが、しかし、いうては何だが、リーとの間柄は、わしにとってはもっとも熱烈な恋愛、というわけではなかったよ。もっとも熱烈な恋愛は、わしにとっては、いったんは学問の道を断念しようか、とさえ思うにいたった、二十五歳のときのものであったな」

「へえ……」

思わずも、ナリスは興味をもたずにいられなかった。

「それは、さきにおおせられた、王立学問所の少女とは違うんですね？」

「まったく違う。それは、悪所の——アムブラの娼婦でありましたよ」

「アムブラの娼婦！　老師が！」

「厳密にいえば娼婦とは違うのだが、金に困ると娼婦とまったく同じことをしている、賤業のおなごであった。——わしも若気のいたりで、なんとか彼女を救ってやりたいなどとばかげた義侠心をおこし——それがそのうちに、気が付いたときにはすっかり彼女に魅せられてしまっていた。まさしく、ミイラとりがミイラになる《ガトウーを助けて水に溺れる》というものでな。いっときは、それで、わしの師にも親元にもずいぶんと心配をかけたし、もうあやつは駄目になったと断言されたこともあった。——そのときには、もう、自分はアムブラで彼女のために一生を送ってもいいと思っていたものであったね」

「そんなことが……で、その彼女とは……」

「そのわしの迷いを救うてくれたのが、リー・タンの穏やかな優しい心で——そしてわしは彼女と結婚したのだが、そうでなければ——もしわしが、アムブラのあの娼婦に入れあげて破滅していたとしても、誰一人、喜びもせず、また何ひとつ実りもなかったであろうな。もっともそういえるのは、長いやすらかな年月がすっかりわしの傷をいやしてくれたからで、あの当時は、ミーナと一緒におられぬくらいならば、もう何もかも捨てて出奔しようとまで、思い詰めていたものだよ」

「老師にもそんなことがおありだったんですね！——二十五歳のとき？　初恋は、いまの私よりお若いとき、とおっしゃいましたが」

「そのほかにも、いろいろと恋をしたよ。恥ずかしながら、リーと平和に暮らしていても、やっぱり男というのはしょうのないもので、美しいおなごを見ればついむらむらと助平心もさわぐ、あこがれる気持も起きる。——だが、リーへの敬意と、そしてあのときの窮地から無事に救われたことへの感謝の念がとても強かったので、彼女を傷つけるのは論外であると思っていた。それで、わしは、たとえ心が騒いでも、明らかに恋に落ちたなと思うても、妻をじっさいに裏切るまでいったことは、結局一回もなかったよ」

「——私は……」

ナリスは考えこんだ。

「私はやっぱり、ほかのひととはどこか何かが違っているのかもしれませんね！——老師はもう私より若いときにそうして女人に心を動かしていたと云われる。ある女性も私に、私の年にはもう、初恋もその次の恋も終わっていた、と云いました。——でも、私は……これまでに、ひとたびも、だれか自分以外のものをいとしい、恋しい、切実にそばにいてほしい、と思ったことがないのです」

その重大な告白――フェリシア夫人には到底かぎつけられることさえも屈辱だと思った事実も、この温顔の老師には、すらりと口に出すことができた。第一、決してここから外にもれる心配もなかった。

「ほう」

べつだん、驚いたようすもなく老師はいった。

「殿下は、いまだそのお心を誰かのために動かされたことがない、と云われますかな」

「それは、とても異常なことでしょうか？　私には――どうも、私には、ひとはあまりにも、色恋だの、結婚だの、ということでばかり、騒ぎたてすぎるような気がするのです。――私には、もっと世界にはずっと重大なことがいくらでもあるように思われるし……いや、そんなことよりも――私には、よくわからないのです。いま、老師は、愛妻と平和に暮らしていても、男というのはしょうのないもので、美しい女人をみればむらむらと助平心が動いたり、気持が騒いだりする、とおっしゃいましたね？」

「殿下は、そうはおなりになりませぬか」

「ならないのです」

いくぶん、困惑した子供のような小さな声だった。

「私は、どこかおかしいのでしょうか？　それとも、まだどこかが未成熟だったり——それとも、何かがひとと違うように生まれついてしまっているのでしょうか？……こんな、ごくごく立ち入ったお話を、してしまってもよいものでしょうか？　それも、本来ならば、真面目に歴史学についての講義をお受けしているべきこんな時間に、老師の大切なお時間をお邪魔して」

「ちっともかまいませんよ。というよりも、いずれはパロという国にとってもっとも重要な存在におなりになる殿下が、そのようなお悩み、あるいは疑問を抱いておられる、ということは、それを解決してさしあげたり、少なくともお手助けや参考になるようなお話をするのも、師としておおせつかっているものの責任です。それにたぶん同い年くらいの若者の話などは、殿下にはあまりご参考になりますまい。殿下は、あまりにも他の若者とは違っておられる——資質も、境遇も、そしてまた、運命も」

「そうでしょうか」

いくぶん疑わしげにナリスはいったが、それからまたちょっとはにかんだように頬をうすく染めてつづけた。

「私は……こんな話をひとにあけすけにするのは生まれてはじめてだものですから、とても……具合の悪い感じがするのですが……そのこと自体が、私がほかの若者とまったく交通していない、ということなのかもしれませんが。……そのう、私は——」

「ええ、ええ」

「私は――そうやって皆さんがおっしゃるように、ひとをいとしいと思えないのです」

秘密めかしたささやきのような声だった。だが、老師は今度は微笑まなかった。老巧な老師は、そのことばのうしろに、この孤独な王子の、本当の（魂が不安になってあげる叫び）のようなものを聞き取っていたからである。老師はおそろしく真面目な顔でナリスのことばに聞き入っていた。

「それは精神的にも、肉体的にも――私は、ひとを求める、という気持があんまりないのです。――学問とか、技術とか……そういうものについてはおそろしくそういうものを感じます。息苦しいほどに、剣がうまくなりたい、キタラが上達したい、もっともっともっと、出来るようになりたい、誰にも負けないくらいうまくなりたい、うまく表現したい、天下を取りたい、と感じます。――学問についても、もっともっと深くこの道に分け入りたい、なんでも知りたい、この世のすべてのことを知りたい！　とさえ願います。でも……だから、私が、そんなに精神的に貧しい、あるいはまったく欲のない人間だ、ということではないんだと思います。でも私は――私は、老師がおっしゃるような、そういう――人間らしい衝動というのでしょうか、男として……男というものはしようがないものだ、というような感覚を――美しい女性をみて、なんて美しいひとだろうとは思いはします。でもそれは、そこの彫像――あの扉のわきの妖精エリナの彫像をめでるのと少しもかわらない感覚なのです。でも彫像ならばずっと美しいままですが、生身の人間は必ずそのうちに、みにくい表情や、見たくなかったしわだのゆがみだの、いやな部分だの、性格の欠陥、衣服の汚れ、気持のゆるみ、ひとをさげすんでいたり、おのれの私利私欲で取り入ろうとしたり——そういうところを見せてしまいます。それをも私は見てしまうのです。——すると、たちまちのうちに、その（ああ、美しいひとだな）という賛嘆の気持は、（なんだ、このひとも所詮ただの生身の人間にしかすぎない！）という思いにかわってしまい、しおれてしまうのです。——べつだん、崇拝しなくては、欲することができないとは思いません。でも、崇拝してさえそうやって幻滅したり、失望したりするものを、最初から、崇拝することさえないあいてには——そもそも興味も、何の興味も関心も向かないのです。それは僕には、存在していないのとおんなじで——だからといってべつだん、生きている価値がない、などとも思いません。そんなに思い上がってはいません。人間はひとしなみに重大だ、と思います。帝王も、下男も同じだと思います。ただ、それは……ただひとつ、ひとを恋うる、とか、欲するとか……崇拝する、憧憬する——そういう感情にはおよそ結びつきがたい、というだけです。それだけなんです」

「殿下は、あまりにも、御自分が完璧すぎるのかもしれませんなあ」

注意深く、ナリスのことばに耳を傾けていたオー・タン・フェイ老師はつぶやいた。

「そもそも、殿下は、この老いぼれが見てさえ心楽しくなるほどに、そのへんのおなごよりもずっとお美しく若々しい。利発でもあられるし、お考えも深い。——女人への崇拝というのは、おおむねの男子の場合にはまず、『おのれにはありえない、すべすべして美しくてやわらかくて白くて優しいもの』への崇拝として発動するのですが……殿下には、そんなものにいまさらあこがれる理由もおありにならぬのかもしれぬ。鏡をごらんになれば、宮廷のどんな美女よりもお美しい顔がうつるのですからなあ」

「ご冗談を！」

「冗談などであるものですか」

老師は云った。

「いろいろな人から、何度きかされたかわかりませんよ。『アルド・ナリス殿下！　どうして、あんなかたがおいでになるのでしょう、あんなに、どんな美女よりもお美しくてなんでもお出来になって、なんでもご存知で、しかも落ち着いてらして——まだたったの十九歳だというのに！』と」

「いっそ、いま十九歳でなくて、三十九歳だったらどんなにいいかと思いますよ！」

ナリスは叫んだ。それから、我にもあらぬその感情の激発に思わずうっすらと白いほほをあからめた。

「失礼しました。それに——それに、いっそ、王子でなど、クリスタル公でなどなければと。あるいは、せめて……ごくごくひとなみの、あたりまえの——そうですねえ、いとこのファーンだの、といって引き合いにだしたら失礼かもしれませんが、そういう、ごく普通の男性の顔かたち、みめかたちをしていたらよかったのに、と。——私にはきっと、何が普通なのか、何が普通でないのか、わかるひまも与えられなかったのだと思います。僕自身は、自分がそんなに美しいなんて思っていませんし、そんなことより、男性にとって——しかも王家の男性にとって百倍も価値があるのは知識や武術の心得や、ひとをひきつける力、そのほかにそのう——その、つまり」

「……………」

「きわめて重大な王家の男子の役割として、つまり——王家の血を継承し、子孫を残し……これは必ずしも王太子、王の直系とは限らない、王家の一族の人数が増えれば増えるほど、その王家は大きななんというか、そのう——」

「人材ですな」

「そうです、人材の予備軍というか、蓄えをもつことになります。……そうでなくても、近親婚を続けてきているわがパロ聖王家は、年々先細りになる傾向があると、先日の講義で先生もおっしゃいました。近親婚をずっと続けていると、新しい血が入らないために、しだいに血そのものが疲弊してくる、と——そのお話は非常に私の興味をひいたのですが……」

急に、ナリスの口調がなめらかになり、熱をおびたものになったことに、フェイ老師は気づいた。

明らかに、ナリスは、個人的な話とか、おのれの悩みなどを話すよりもずっと、そうやって学問的な話をしているほうが楽しいし、気が楽なのだった。その黒い美少女のような瞳も輝きだし、口もともほころびた。

「しかし一方では、その血族婚をしか認めない『青い血の掟』にはそれなりに理由がある、ということも、長年の研究によって認められています。――パロ王家の王族は、長年のその純血を保つ掟によって、いろいろな特異性を保持しており、それがすなわち、聖王家が《聖王家》として特別であることの根拠ともなっているからです。――しかし、私の祖父も結局二人の男児――私の父と現国王陛下の二人と、それに末の、アルゴスに嫁いだエマ王女を得ただけでしたし、父は私のほか……その、私ひとり、そして陛下も――これはまだ、このさきもしかして、お子を得られることがないとは申せませんが、私のいとこのリンダとレムス、いうところの《二粒の真珠》を得ただけにとどまっています。――こういう言い方をするとなんだか動物のようですが、結局のところ、パロ聖王家の男性の繁殖力は相当に弱まっている、と思うのですね。……そして……」

また、ナリスの口調はちょっとはぎれの悪いものになった。

「そしてたぶん――私も、そういう傾向の……末端にあるのかとも思うのですが……っまり——その、繁殖力、というような点となると……」

「あまり、有力な戦力にはなりそうもない、とお考えで？」

老師は慎重にいった。ナリスはうなづいた。

「というか、まったく戦力になれないのではないかなあと——私は、結婚しないかもしれません。いや、しなくてはいけないかもしれない——でも、そのことを考えると……ひとと一緒に暮らす、というようなことを考えると、なんだかすごく……その、とても……」

「おいやですか？」

「いやというよりも——わからないんです。そういったほうが正解だと思います。……私はあまりにいろいろなことを知らないだけなのかもしれません。でもその——もう、こんなさいですから、あけすけに申し上げてもよろしいですよね？　性について、無垢だから、というわけではありません。それは普通の男子よりずいぶんと早くから……たぶん、もっと広範囲に知ったと思うんですが……でも、それで——それがとても——快楽だと思ったり、非常に自分の人生にとって重大なことだと思ったかというと、やはり、それが……」

「殿下にとって、結局とてもお気になっておられるのは、性の問題ですか？　それともご結婚の？　それとも、恋愛の？　その全部をひとつのものとして考えるのは多少、強引のような気がこの老いぼれにはいたしますが」

老師はかるくたしなめるようにいった。するとナリスは、ちょっと困惑したようにうつむいて口をつぐんでしまった。叱られた、と感じた、というよりは、かれ自身にも、まさしく、老師に指摘されるまでもなく、自分のなかで、それらが渾然一体となってえたいの知れぬ困惑や混沌を作り出している、ということには充分気づいていたからだ。

「すっかり、お時間を——大切な講義のお時間を無駄話でお邪魔してしまいました」

ナリスは、ややあって、この話はそれまで、と自分から宣告するように断言した。

「講義をおはじめになって下さい。つまらぬことを申し上げて、申し訳ありませんでした。——お忘れ下さい。これはみんな個人的なことで——というより、私のなかで、もっといろいろと整理されてからでなくては、老師のお時間を頂戴するようなことではなかったようです」

「……………」

老師は、ちょっと気がかりそうに、そういうまな弟子の端麗な、いくぶんうち沈んだ顔を見つめた。だが、そのまま、分厚いアレクサンドロスの『歴史』の頁を開いた。この王子が、いったん口をとざしたとなったら、おのれからその気にならぬかぎり、もう二度と開かぬだろう、ということは、経験上老師にはよくわかっていたのだ。

4

「――なんだか、くさくさしたようすをしておいででございますよ」

ナリスのなんとはない重たい気分は、そのままとうとう一日中続いていた。めったにないことに、小姓にまで指摘されるくらい、ナリスのおもては沈んでいたのかもしれぬ。

「きっと、疲れたんだと思うよ、ジャン。マルガのギルドとの話し合いが相当思ったより長引いたし……それに、なかなか頑強だったものだからね。納得させるのに骨を折ってしまった」

「でもみんな、たいそう感謝してさいごには引き揚げて参りましたから」

小姓のジャンは笑った。

「少し、お肩でもおさすりいたしましょうか。――あまりお疲れのようでしたら、きょうの晩餐舞踏会はどうなさいますか？」

「あれは、出ないわけにはゆかないさ。地方貴族たちにとっては、聖王家のものたちと会える数少ない機会として、あれだけを楽しみにクリスタルにのぼってくるものがたくさんいるんだから」

「お大変でございますねえ。お召し物は、どうなさいますか。それから、ご入浴は」

「ゆっくりと入浴していられればずいぶんとさっぱりしそうだけれど、その時間はないね。いそいで湯浴みだけして……髪の毛は明日にしよう。着るものは、紫のあの新しい木の葉の地紋のあるのと、それにその下に黒の絹のいつものを出しておいてくれないか。それと、一応、青のびろうども——紫の気分ではなくなるかもしれないから」

「かしこまりました」

「ジャン」

「はい？」

「お前は、いくつだった？」

「わたくしでございますか。二十三でございますが」

「恋をしたことはあるの？　いま、している？」

「は？　恋、でございますか。これはまた、お恥ずかしいながら……いま、真っ最中でございますよ」

「そうなんだ……」

「はい。あと一年続いたら、おそれながら、ナリスさまにお願いして、結婚を認めていただこうかと考えているところでございますが――でも一年続くかどうかは、わかったもんではございませんね。女心なんて、変わりやすいものでございますから」

「そうだねえ、まったく」

ナリスは、そんな変わりやすい女心など知りもしなかったが、いかにもわけ知りらしく微笑んだ。

「同じ職場の娘《こ》？」

「こ、これは恐れ入り――はい、恐れ入りましてございます。でも、誓って、カリナエの風紀を乱すような、みだりがわしいふるまいには及んでおりませぬので、ご安心下さいませ。ごく真面目な、清い交際でございます。結婚がさだまるまでは、二人でひそかに外出することさえ、いたさぬつもりでございます」

「いいよ、そんなこと――お前のことは、信頼しているのだから」

ナリスは云った。そして感激したジャンがいそいそと出てゆくのを見送って大きなため息をついた。このところ、かれは、珍しいくらい、ため息ばかりついている。

（これも、フェリシアの無神経なことばのせいだ）

ナリスはちょっと、あまりにも《恋》が人生のすべてのような、おのれの情人を、うらみたい気分になっていた。かれは、おのれの心の平静をかき乱されること、すべてが嫌いであった。

（そうか——でも、それなら——ああいう小姓のジャンみたいな男の子でも、ごく普通に……同じカリナエにつとめている女の子と好きになって……結婚しよう、などと思い決めて、相手の娘もそれに賛成したり、その気になったり——それで、どうなんだろう。廊下をすれちがうときにはほえみかけたり……そのほほえみが特別な意味があったり——それから、いつかはふたりきりで一夜をすごしたいと思って胸をときめかせたり——するのかな。フェリシアとの……一夜をすごすのにはあんまり馴れてしまったからかもしれないが、僕はもうほとんど……胸がときめくどころではないし……うまくやれるだろうか、という不安を感じなくなったあたりから、僕にとっては、なんだか——ときめきなんてものもかかわりがなくなってしまって——なんだか、そういったら——そういったらさぞかしフェリシアには怒られるだろうけれども、見果てぬ本当の母親に抱かれて眠っているような、やすらぎ——そう、やすらぎのほうが大きくなってしまって……）

（とうてい、これが《恋》だ——それも運命の恋だ、激しい恋だ、なんて思うこともできないんだけれど——また、そもそも、はじまりからして恋でも愛でもなんでもなかったんだし——そう、たぶん、情はあるだろうけれど……）

「だれ？」

これは、そっと遠慮がちにノックされたドアの音にいったのだった。

「お手紙を……お持ちいたしました」

「ああ、いいよ。持って入ってきて」

ナリスはものうげにいった。そして、ドアがあいて、近習が机の近くまでくるまで、またおのれの考えに没頭していたので——ジャンはどうやってうら若い——きっとジャンと同じくらい若いのだろう——カリナエの侍女と恋に落ちたのだろう、という——それがけさがたの、純朴な近習のレオであることにちっとも気づかなかった。

「あの、デビ・フェリシアからのお手紙が、たったいま、デビのおつきのかたからお届けに……」

近習はおずおずと云いながら、手紙をさしだしたが、ナリスはまだ何も気づかぬままに無造作に手をさしのべたので、レオの手とまともにぶつかってしまった。思わずレオは手紙を取り落とした。

「し、失礼いたしました」

またしても火のように赤くなりながら、あいてがわびたので、ナリスはようやく相手がけさの粗忽な、ケイロニアの血をひく若者だ、ということに気づいた。こんどはちゃんと名札も見ておいた。

「ああ、なんだ、お前だったのか、レオ」

ぬけめなくナリスはいった。

「ひるで交替じゃあなかったんだ？」

「は、はい。私は今日は……夜番までで……」

「ああそうか。そうだよね。ありがとう」

ナリスはあわててレオが拾い上げてさしだし直した手紙の包みを受け取ったが、すぐには開こうとしなかった。どうせ、何が書いてあるのかはたいてい見当がついたし、たいしたことも書いていない——きぬぎぬのむつごとのようなものだ、ということもよくわかっていたからだ。だがフェリシアが宮廷じゅうの男性に人気があるのが、そうしたこまやかな、いかにも女らしいやりかたに非常に長けているからだ、ということも知っていた。

（なんだか、ちょっと飽きたなあ、そういう……）

ナリスは、なんとなく、フェリシアの豊満なやわらかな白い、爛熟した肉にからめとられた虫にでもなったような反抗心にとらわれながら手紙をみた。それから、ふいに、ふとした気まぐれにおそわれた。

「レオ」

「あ、は、はい」

「おまえは、恋をしたことはあるの？」

「は？」

気の毒な純朴な近習は、ケイロニアの血をひくだけあって、ジャンなどよりもはるかに純朴なようだった。たちまちかれはがっしりと太い首までも真っ赤になった。そして、おろおろと口ごもるだけで何も答えられなかった。

「……ああ、もういいよ。もういっていい」

すぐに、つまらなくなって、ナリスは云った。あまりからかっても気の毒だ、という気持にとらわれたのだ。レオがもごもごいいながら這々の体で退却してゆくと、ナリスは面倒くさそうに手紙をひらき、それをさっと読み下した。いっそのこと、何か衝撃的な内容でもあれば、と思いもしたけれども、むろん内容は、昨夜の素敵だったこと、こまやかな愛のことば、そしてまたともに過ごせる夜を願っている、というような、ごくありきたりな型どおりのきぬぎぬの貴婦人の愛の手紙にすぎなかった。

（あまりに、何から何まで心得ていて——何でもよくできるから……完璧すぎるんだ、あの女《ひと》は……）

フェリシアのそういうところが嫌いだな、と思って、ふっとナリスは妙な気がした。それは、ついさっき、きいたようなことばだ、と思いあたったからだ。

（殿下は完璧すぎるんですなあ）

オー・タン・フェイ老師はそういった。

（僕は、完璧なんかじゃないし、そんなことを考えたこともないんだけれど……）

ナリスは肩をすくめると、フェリシアの手紙を手紙箱に落とし、そのままそのことは頭から追いやってしまった。

本当は、かれは、舞踏会に出たいなどという気持は少しもなかったのだ。そんなわけで、いつもよりも相当気分も混乱していたし、かれとしては、ひっそりとカリナエのおのれの巨大な書斎、いまのところかれにとって一番居心地のいい、一番愛する場所で、静かな夜を過ごし、にぎやかすぎず、わいわいといろいろな人間に話しかけられたりもしない、大好きな書物がぎっしりと並んでいる前で好きな熱くしたカラム水を少しずつすすりながら、突然思い立ってどれかの書物をひきだして開いてみたり、なんということもなく羽根ペンをすべらせて随想を書き付けてみたり、ソファに身を投げ出して思わず本に読みふけってしまったり、そんなことをしながら静かに夜が更けてゆくのを楽しみたかったのだ。フェリシアとの情事は、決して頑健とはいえないナリスには、けっこう負担がかかった。年増女のフェリシアは、あれやこれやとリードしてもくれたが、同時にそれは、ナリスがひっきりなしにあれこれとそのフェリシアの期待に応えたり、いろいろあの手この手を学ばなくてはならない、ということでもあったからである。ナリスにとっては、それもまた、まるで《個人教授》以外のものではない、といったおもむきがあった。

（今夜は、静かにひとりで過ごしたかったんだけれど……）

結局、青のびろうどに黒いこまかなダイヤ柄を散らせた、深みのある色あいの上着に、黒いチュニック、それに黒いゆったりとした足通しをつけ、のびてきた髪の毛を無造作にうしろで銀色のひもでくくり、きらきら光る金剛石の長い耳飾りと胸飾り——クリスタル宮廷のファッションでは、男性も当然ありったけの宝石類で身を飾るのが、身分のある貴族の財力やセンスを示すものとされているのだ——をした、という、当人としてはずいぶんと渋めに決めたつもりの、だがはたから見ればはっと目をひくあでやかな服装に身をかためて、ナリスが紅晶殿での晩餐舞踏会の広間に小姓たちを従えて入ってゆくと、いつものように、はっと列席した客たちが息をのむ気配がひろがった。

この晩餐舞踏会は、「地方貴族懇親会」というあまりぱっとしない趣旨のもので、カラヴィア公だのマール公だのという大きなものではなく、もっとずっと小さな、男爵だのいってせいぜい伯爵どまりの、おおぜいの地方貴族たちをもてなし、聖王家との絆を深める、という催しで、年に一回開かれる。そのときが、地方の小貴族たちにとっては、一世一代の晴れ舞台でもあれば、若い令嬢や貴族の嫡男たちにとっては、《中央》のクリスタル宮廷への初お目見得や顔の売り込みの最大の舞台でもあった。それで、かれらは精一杯にめかしたて、気恥ずかしいくらいに気負いこんでクリスタルへのぼってきて、この夜をひたすら待ちかまえているのであったが、そのような事情だったので、ナリスにとってはおよそ興味をひくものではなかった。

むろんそんなことはおくびにも出さなかったが、（うーん、やっぱり、なんだかみんな泥臭いなあ。あかぬけないこと、おびただしい）と、にこやかに入っていって、ひとびとに挨拶しながら上座につくあいだにも、ナリスはその虫も殺さぬあでやかな顔の下でひそかに考えていた。田舎貴族たちとその夫人や家族たちはあまりにもありったけめかしこんでいたので、いつもより紅晶殿の紅水晶の間が明るく輝いてまぶしいくらいだったが、《パロの洗練》を一身に象徴している、という自負のある、最高位の貴族にして王位継承権者たるクリスタル公からみると、そのまぶしさこそがあまりにも出舎くさかった。そもそも紅晶殿というのは二級のもよおしにしか使われない建物であるので、そこに足を運ぶこと自体が、ナリスにしてみれば、すでにいささかちょっと冷笑的なものがあるのである。

これはしかし、パロの統治のためには非常に重大な催しなので、ナリスの座るべき上座には、国王夫妻、その王太子と王女、そしてベック公、マール公など王族ももれなく列席することになっていた。ナリスが到着したときには、こういうものは身分が上のものほどあとにあらわれる仕来りであるので、すでにマール公もベック公も席についており、あいているのは国王一家の席だけだった。

ナリスが、かれにしてみれば（ほんの普段着）の《地味》ななりで、長いマントをひるがえして優雅に中央の通路を儀礼係の小姓に案内されておのれの席につくのを、両側に並んだ田舎貴族の面々はほとんど恍惚とした目つきで見守っていた。クリスタル公といえば、田舎の小貴族たちにはもう、まったく国王一家と同じ扱いの雲の上びとであり、これが、はじめてかれを目にする、というもののほうがはるかに多かった——この催しは毎年催されるが、去年がナリスにとってはクリスタル公に着任してはじめての機会だったからだ。ことに、今年はえある中央宮廷へのお披露目にあたる、二十歳前後——厳密にデビューの年齢が決められているわけではなかったので、これは、親が用意ができたと思えば十六歳以上ならなんとかなった。正式には、十八歳からであったが——の若い貴族の子弟、子女たちは、はじめて目のあたりにするうら若いクリスタル公の美貌とすらりと華奢な長身、あかぬけて豪華な服装、全身からたちのぼる、そのあたりを払うばかりのオーラにうっとりと魅せられて、目をはなすこともできぬようであった。

その賞賛と恍惚の視線などは少しもナリスを動揺させなかった。そのようなものは、生まれてこのかた、馴れきっているのだ。かれは、やわらかな微笑をうかべて気前よくその美しい笑顔を左右の田舎貴族たちにふりまきながら、奥の階段をのぼり、一番上のテーブルの、国王一家の右側の席についた。あいていた四つの席に、式典係のふれとともに、アルドロス国王、ターニア王妃、そして美しいプラチナ・ブロンドの、十歳の双子、王太子レムスと王女リンダが着席すると、儀典長が晩餐会の開始を告げ、ナリスの思うところの「田舎貴族への見世物の宴」がはじまった。

こうした宴では基本的に出来うるかぎりは男女が交互に着席することになっていた。それで、国王、ターニア王妃、レムス王太子、リンダ王女、とさて、そのとなりがクリスタル公の席であったので、ナリスのとなりは、愛くるしい十歳のリンダ王女であった。

「ご機嫌よう、ナリスお兄さま」

リンダ王女はいたって愛想よく挨拶した——美しいナリスは、このお転婆娘にとってはいつでも「大好きなナリスお兄さま」だった。

「ご機嫌よう、お転婆さん」

「失礼ね！」

リンダはその美しいスミレ色の瞳と、バラ色の陶器の人形のような頰、そしてくるくると自然に美しいかたちにちぢれている銀色がかった金髪をこの上もなくよくひきたてる、淡い青がかったスミレ色のドレスを着ていた。髪の毛にも同色のびろうどのりぼんをまわして、両側で大きな蝶結びにしていたので、彼女はまるで美しい巨大な人形のようにみえた。すでに、彼女がいずれ成人のあかつきには——あと十年も待つ必要はなかっただろう、もののあと三、四年というところで、さしも長くつづいたデビ・フェリシアの玉座もついに奪われ、それにかわってリンダ王女が《クリスタル一美しい女性》の玉座につくだろう、というのは、もういまから、誰しもが認めているところだった。それに彼女はとても溌剌として利発だった。そのかたわらにおとなしく座ってびっくりしたように大勢の列席者たちを見回している王太子のレムス――彼女の双子の弟のほうは、同じように可愛らしく、顔立ちそのものはそっくりではあったけれども、もうちょっとおっとりした、内気そうな顔をしており、やわらかな紫色の瞳は、姉のくるくると輝く紫水晶のような瞳よりもいくぶん黒ずんで内省的であった。だが姉も弟も、たぐいまれなほど美しい子供であったのは誰しもが認めるところだったし、それは、その子供たちを誇らしげに見守っている、まだ若くハンサムなアルドロス国王と、美しく優しい、優美に栗色がかった髪の毛を後頭部をふくらませた最新型のまげに結い上げ、それを真珠をちりばめた網で包んでしっとりとやわらかな白いレースのドレスを着ているターニア王妃を見れば、何の不思議もなかったのだが。

その最高の卓に座っている聖王家の面々を見たものは誰しも、（なんという恵まれた家系の一族であろうか！）と、《神の選んだ青い血》の神聖さにあらためてうたれたに違いない。若く精悍で凛々しい顔立ちのベック公ファーンも、そろそろ髪の毛がごま塩になりはじめている風格あるマール公も、少しでも《青い血》の入っている王家の親戚たちはみな美しかった。ここにはいなかったがナリスの母のラーナ王女とても美貌で知られていたし――だが、明らかに、《青い血》の呪いはかろうじてまだ恩恵の域にとどまっていたのだろう。《青い血》の純粋さが保たれている、上位の王族になればなるほど、かれらは目を瞠るほど美しかった。

誰がどうみても、しかしこの美しい一族のなかでさえきわだって美しく、目をひくのは、十九歳の美麗なクリスタル公であった。艶やかな漆黒の髪といい、あでやかで驕慢な美少女を思わせるほっそりしたおもざしといい、そうして盛装したナリスは、（こんな美しい人間がこの世のなかにいるものだったのか！）という感慨を、容易に誰の胸にでも起こさせた。かたわらに愛くるしい双子の人形のようなリンダとレムスが並んでいて、ときたまリンダがその銀色の頭をかしげて可愛らしくバラ色の唇をとがらせながらその美少年の従兄に話しかけているようすくらい、みごとな見物はそうあるものではなかった。

もっとも、当人たちのほうは、そんなふうに見世物にされるのにも身分柄馴れっこで、いっこうに虫にたかられたほども気にとめず、めったに会えないいとこどうしの親睦を深めるほうに気を取られていたのだ。

「レディーのことを、のっけからお転婆だなんて、お兄さまは、淑女の扱いをご存知ないわ」

「おやおや、おしゃまなことをいうようになられましたね！　それは失礼、レディー・リンダ——でも、それではこのごろはもう木登りの冒険はなさらなくなったので？」

「駄目よ、その子をけしかけては、ナリス」

ターニア王妃が笑いながら口をはさんだ。

「ようやく、ちょっとだけ、おしゃれ心がついたようなんですから」

「あたくし、もう木登りなんていう子供っぽいことはやめましたの！」

リンダはこの上もなく可愛らしい生意気なおとなぶったようすで宣言した。ナリスも王妃も、国王の反対側にいたベック公までも噴き出しそうになった。

「おや、そうなんだ」

「だってあたくしもう十歳の淑女なんですもの。もう、あと一年もしたら、恋だって出来ましてよ」

「おやおやおや！」

「誰もあたしをまともにあつかってくれないんだわ」

リンダは不満そうにいった。そして、おそろしく自慢だったので、ちゃんとナリスからも見えるように、新しいそのスミレ色のドレスのフリルのたくさんついたえりをひっぱって、当人としてはさりげないつもりでかたちをととのえた。

「女の子だねえ！」

「そう思うでしょう、ナリス。——同じように育てていたつもりだったのに、男の子と女の子ではこうも違うものかしらね。でも、レムスはまた、なみの男の子というには、ちょっと大人しすぎるような気もするのですけれど」

いきなり名前をいわれて、びくりとしたレムスはあたりを見回したが、そのまま赤くなって目を伏せてしまった。確かに王太子のほうが、リンダ王女よりもいささか内気であるのは確実のようであった。

「恋をするのはいいとして――御年十歳のみぎりから、いったい誰と恋をなさろうと？　リンダ姫」

ナリスはからかった。リンダはつんと唇をとがらせた。

「お兄さまもあたしのいうことをまともに信じて下さらないのね。女の子なんて、もっともっと小さいときからだって恋は出来ますのよ！　本当よ。あたし、六歳のときからもう初恋を知っていましたもの」

「その相手は、お気に入りのぬいぐるみのルルちゃん、違ったかな」

「そんなふうに茶化すんなら、もうお話してさしあげないわ」

「ごめん、リンダ。茶化しているつもりじゃなかったんだが。子供扱いされるのはイヤなものだということは、僕もよくわかるよ、すまなかったね」

「いいわ。許してさしあげてよ」

リンダはすぐに機嫌をなおして、スミレ色の瞳をきらきらさせながらうっとりと美しい従兄を見上げた。

「ねえ、お兄さま――あたしたちって、きっととてもきれいな恋人どうしになるとお思いにならない？」

「ええッ！」

ナリスは大仰に驚いてみせた——むろん国王夫妻も、この言葉のきこえたかぎりのものはみんなひっくり返って笑っていた。

「姫のお目にとまったのはかく申すやつがれだったのでありますか！　それは光栄至極！」

「ちっとも本気にしてくれないのね。でもあたしもう十歳なのよ。あと二年で十二歳、もうあと四年で十四歳、もうあと六年で十六歳！　あと十年したら……」

「二十歳だね。むろん、どんなに花のような美しい女性になられることか目にうかぶよ、姫さま」

「そうしたら、あたし、お兄さまの奥さんになってさしあげてもよくってよ」

「それはまことに光栄のいたり——でも、僕は、いびきをかくよ、それでも平気？」

「平気よ、愛があれば」

「これはこれは！——それに僕は、歯ぎしりもするけど、それでもいい？」

「いつも……するわけじゃあないんでしょう？　たまのことなんでしょう？」

リンダは用心深く云った。そして、どうしてみんながそんなに笑いころげるのかと唇をとがらせた。

そのとき、儀礼係が大きく銅鑼をうちならしたので、いっせいに給仕たちが酒の美しい銀の壺をかかえて入ってきた。宴がはじまったのだ。

第二話　仮面舞踏会

1

それは、まことに盛大な宴であった。

といっても、むろん、そういう趣旨の——《地方貴族をもてなす》というようなものであったから、本当に、パロの聖王家、クリスタル宮廷が本気になってありったけの知恵をしぼって客を歓待し、もてなそうと思ったときのものなどとは、比べるべくもない。本当の重大な賓客を迎えたり、国王の即位の式典や国王と王妃の婚礼の式典や——そういう、本当のたいへんな行事とは、大事な年中行事とはいえ、かけられた費用そのものも、十分の一にもあたってはいなかっただろう。

だが、それは、招かれた田舎貴族たちにはわかるべくもない。かれらにとっては、これこそまさに目もくらみ、胸もとどろくようなたいへんな饗宴であり、腰をぬかすほどの豪奢の宴であったのに違いなかった。

それに、パロのクリスタル・パレスのそうした饗宴をうけもつ人々ともなると、そういうあたりにはいたって馴れ、たけていて、もてなされたほうがどの程度どうやってもてなされれば驚愕し、素晴らしいもてなしを受けたと思うか、というようなことにはまったくつぼを心得ていたのである。

それゆえ、繰り広げられた饗宴は、招かれた地方貴族たちにとっては、一生忘れがたいほどのものであったが、一方ナリスやリンダたち、そういうものの席上でさらしものになるのもひとつの公務であるような立場のものたちにとっては、ごくありふれた、特に凝ってもいなければたいして金もかかっていない日常の宴席でしかなかった。

パロの——ことに《世界の洗練の都》と称せられるクリスタルのこうした高級な宴席のつねとして、最初にふんだんな果実酒やはちみつ酒など甘いかおり高い酒が出され、何回も、挨拶と乾杯が繰り返されたのちに、ようやく前菜が運びこまれてくる。この前菜こそ、料理長がもっとも心胆を砕くもので、凝った材料を使って、いろいろな、この宴席の趣旨にそった趣向をこらした『見立てもの』が運ばれ、人々の喝采をあびる。

この宴席では、名高いクリスタルの名司厨頭であるエピドスが自ら腕をふるい、パロ全国から集まってくる地方貴族たちのために、この宴会に参加した全地方の名物や名産、あるいは有名な建物などを砂糖菓子やさまざまな燻製や果実や粉菓子で作り上げる、というとてつもない趣向をこらしてあった。客たちは、あとからあとから運び込まれて宴席のまんなかのスペースにきれいに飾りつけられた、あるいはカラヴィアの山々に咲き乱れる花々、あるいはマリアの美しい有名な寺院の尖塔、あるいは山岳地帯のふしぎな鳥をかたどったものなどに声をあげた。

挨拶は、国王が口火をきったあとに、何人かの選ばれた地方の貴族たちが招待の礼をのべ、この素晴らしい宴への感動のことばをのべ、そしてこののちもパロのために忠誠を尽くすことを誓ったが、馴れっこの国王はともかく、地方貴族たちのほうはこれこそまさに一世一代とあって、挨拶をすることに決められたものは、他のものよりもさらに金ぴか、銀ぴかの衣裳でまるで田舎芝居の役者のようにめかしこみ、その上に、いく晩も徹夜して書き上げたおそろしく長い原稿をとりだして読み上げ、感動のあまりむせて最初から読み直したりして、宴にならぶものたちを絶望させた。ナリスはこっそりと卓の下でリンダと足でつつきあって、その《田舎芝居》への感想をかわして目配せしあった——顔はふたりとも、生まれついての王族であったから、にこやかに、いかにも感動しているふうに虫も殺さぬ笑顔のままであった。十歳のリンダでもである。

ようやく、地獄のような挨拶の羅列が終わったと思うと、素晴らしい前菜が運ばれてきてひとしきり喝采がおき、それから、これはどちらかというと食べるというよりは見物するための、宴席の飾りにすぎなかったので、それはそのまま飾っておかれて、それぞれの皿の上においしい燻製の魚や肉や、酢づけの果物、そして新鮮な果実や葉っぱなどが盛り分けられた。そのあとはもう、運ばれてくる山海の珍味と素晴らしい酒に、人人はひたすら酔いしれるだけであった。もっとも、ナリスは食べることには少しも興味がなかったし、酒も好きではなかったので、山海の珍味もとっておきの酒も、何の感動も呼ばず、申し訳程度に口をつけるだけのことであった。

リンダのほうはけっこう、十歳にしては立派な食欲で食べていたが、これも国王夫妻の薫陶のたまものでいたって健全に育てられていたので、お腹がいっぱいになると食器をおいてしまった。そして、やることがなくなったのでますます暇になり、ナリスのほうに身をかがめて、ここぞといろいろな話にうち興じるしか、暇つぶしのすべもなかった。だが、ナリスはリンダの相手をするのはけっこう楽しんでいたので、それはどちらにとっても、またたえずにこやかにしていなくてはならない両親にとってもいいあんばいであった。

「さっきの話、本気なのかい、おちびさん?」

ナリスはとりわけられた素晴らしい川マスの香草に包んだ蒸しものを、つつくふりをしながらささやいた。リンダは大真面目にうなづいた。

「もちろん、本気だわ。あたし、六歳のときからずっと、ナリスお兄さまのお嫁さんになるつもりでレディーの修業をつんでいるのよ」

「それはかたじけない。というよりもなんとも恐れ多い。君はいずれはパロ一、いや中原一の美女になるよ。すべての王子、皇子、王侯貴族、勇者が君に憧れ、君の指輪を求めるだろう。それなのに、たった十歳でもう婚約者を決めてしまったりしたら、あとで絶対後悔するよ。まして僕なんかと」

「あら、そんなことないわ。たとえどんな王侯貴族がやってこようと、パロのクリスタル公にして第四王位継承権者、アルド・ナリス王子ほどの殿方は二度といやしないわ。第一、あたしがパロ一、中原一の美女になるかどうかは、まだわからないけど——なれたらいいなって思うけど、お兄さまは、いまもうとっくに、中原、いや世界一の美男だわ。世界一の貴公子だとあたし思うわ」

「これは、これは——そう手放しで云われてはなんて返事していいかわからない。でも、君はいまにきっと、しかるべき年齢になったらね、誰か素晴らしい男性があらわれて、その人に恋をして、そしてしまった、と思うんだよ。あの何もわからない子供のころに、かるはずみなことをいってしまった、ってね。愛する君にそんな悩みをもたせたくはないな」

「あら、そんなこと大丈夫。だってあたし——」

リンダはぽっと頰をそめた。

「だってあたし、お兄さまに恋をしてますもの」

「おいおいおい！」

「本当だってば」

リンダは向きになって云った。

「ねえ、信じて下さらないの。あたし、六歳のときから、ずっとあなたに夢中よ」

「おおっ」

ナリスはあわや場所柄も忘れて口笛を吹くところだった。

「いったい、そんな光栄に浴するような、どんな功績を僕があげたというんだ？」

「お兄さまはきっともう覚えてらっしゃらないわね」

リンダは大真面目にいった。

「四年前、あれは何のときだったかしら。何かの催しであたしたちがみんな、御陵の森にいったときだわ。あたしの大好きなバラ色の羽根つきの帽子が風にとばされて川に落ちそうになってしまったの。それを、にいさまが抜く手もみせず——というのはこの場合はおかしいのかしら……馬をとばして、さっとその帽子をつかみとって、あたしのところに持ってきてくれて、ぱっと馬から飛び降りて、胸に手をあてて敬礼して——そうよ、貴婦人への正式の礼をしてくれて、そしておっしゃったのよ。『姫のお帽子を無事救助いたしました、リンダ姫』って。——あのときから、あたし、にいさまに恋をしてるんだわ」

「あらあら」

ナリスは笑った。

「その気持が十年間、続いてくれたとしたらきっと僕は世界一の幸せ者になれるね。——おお、あれはいったい何だ。歓声と、それにまるで山火事みたいに煙りがもうもうとあがってるものがこっちに近づいてくる」

「ブタの丸焼《ゴロン》きよ」

リンダはいたって実際的な返事をした。まったくそのとおりだった。おそろしく巨大なブタが、まるごと、しかも腹のなかにはふんだんに腸詰めや果実や米をつめこまれて、あまりに巨大だったので一番大きな皿にものりきらず、大きな大きな陶板にのせられ、十人がかりで運ばれてくるところだったのだ。客たちは悲鳴のような歓声をあげ、宴はまさにクライマックスに達したが、ナリスは前菜のひと皿だけですでに満腹になってしまっていたので、うんざりしたようにリンダにささやいた。

「いったいこれはどこの野蛮人の宴席なんだろう。あんな、いってみれば獣の死体を火あぶりの刑に処したものなんて、喜んで食べられるやつの気が知れない。僕は、おりるよ——しかもたいていこのテーブルには一番いいところってことで、脂だらけのぶきみなしっぽだの、ぎとぎとした気持の悪い皮だのが運ばれてくるときてる。おお、ぞっとするね——そうだ、君は、僕と結婚したりしたら、ああいうものを楽しむ楽しみをなくしちゃうんだよ、それでもいい？」

「まあ……それは、それよ」

またしても用心深くリンダは答えて、なかなかに聡明であることを示した。

「だって、兄さまは——あたしがたまにああいうものを楽しむことまでは止めないでしょう？　さもなきゃ、兄さまの見てないところであたし、お腹一杯になるまでたまに食べられれば、それで我慢できるわ。でもどうして——いや、兄さまは、いったい何を食べて生きてるの？」

「葉っぱと果物だよ」

「なんだか、仙人みたいだわ」

「まさに、そうなんだ。僕は、実をいうと、一万年生きた仙人なんだ」

「嘘ばっかり！」

リンダは笑いころげた。巨大なブタの丸焼きが、さんざん、それにふさわしい賞賛のことばをあびてから切りわけられるともうもうと湯気が切り裂かれたブタのなかからたちのぼり、そのなかから、ぎっしりとつめこまれた詰め物があらわれた。腸詰めが長いまま詰め込まれていたので、それがブタの腹からこぼれ出てくるとまるで本当の内臓みたいに見えた。

それは、ナリスには目をおおいたいような気持をおこさせる光景だったが、それにも、ナリスは黙って耐える訓練は出来ていた。もともとかれはどうしても、あぶらっこいも

のや、肉や——どちらかというと、生命ある動物を料理したものがとても苦手だったのだ。そうでなくても、もともと、十歳のリンダやレムスほども食べないかれであったのだが。

ともかくそれで宴会はクライマックスに達し、人々は顔をてらてら火照らせて死ぬほど飲み食いした——もっとも、これは、野蛮な北方や南方の宴会ではなくて、いやしくもクリスタル宮廷の優雅な宴だったのだから、死ぬほど飲み食いしたといっても、食べすぎて気持悪くなったり、飲み過ぎたりするものは決していなかった。それはとても品の悪いことととされていたのだ。そして、また、若いものたちはことに緊張していて、珍しい御馳走をたくさん食べはしたけれども、このあとのメイン・イベントのことを決してかたときも忘れるようなことはなかった——舞踏会である。

年輩の親たちや老人たちにとっては、この晩餐会こそが大目的であったけれども、この宴で正式にお披露目をしたり、いろいろな同じような年頃の貴族の子弟、子女と知り合いになりたい若い連中にとっては、晩餐会もさることながら、最大の目的はまさにそのあとの舞踏会であった。そこでは、ようやく若い王族たちも壇の上から降りてきて、そこでクリスタル公やベック公とことばをかわし、挨拶し、名前を覚えてもらう機会もあれば、運がよければ一緒に踊ることだって出来るかもしれなかったのだ。それこそ、地方貴族の若者たちにとっては、生涯の夢であった。

そうして、巨大なブタの丸焼きもすっかり食べつくされ、さらにそのあとにいろいろな趣向をこらした食後の菓子――なかには、前菜と一緒に並べられていた、砂糖衣でつくったすばらしいクリスタル・パレスを模した巨大な菓子などもあったのだが――や果物や乾果と食後の酒も運ばれ、さいごに手を洗う香料入りの水が美しい銀の鉢で運ばれてきて、ついに、ナリスには永遠に続くのかと思われた晩餐会も終わった。

人々は、さんざん食べ散らかした御馳走が残っている紅水晶の間をあとにし、ぞろぞろと舞踏会のために、イリスの間にうつることになった。そのときに急いで控え室に戻って、舞踏会のために温存してあった最高の衣裳に着替えるものも多くあった。ナリスも――食べることと飲むことにくらべて、お洒落については、ごく人並み、というよりや人並み以上の執着をもっていたので――舞踏会用の派手な衣裳に着替えようかと考えないでもなかったが、実のところこの催しをかなり甘くみていたので、まあそこまでするほどのものでもないか、と考え直して、ただマントを重たい正式のびろうどの長いものから、かろやかな、踊りやすい短くておしゃれな最新流行の黒いレースのものにつけかえるだけに決めていた。もっともその黒いレースにはこまかな銀糸が織り込まれていたし、それにあわせて、装身具もつけかえられ、イヤリングももうちょっと華やかなものになったし、胸には巨大な水晶をまんなかに、銀の台に金剛石をちりばめたブローチが飾られたので、同じ服といっても、はっとするほどひきたって、着替えた以上に日立って見えるはずだったのだが。

「お兄さま、きょうは、あたしと二回踊ってね？　絶対よ」

リンダは興奮して云いながら、両親に引っ張られてお色直しのために奥に入っていった。もうちょっと年がゆけば、それこそ舞踏会の花形は彼女になるはずであったが、十歳とあっては、さしもの美少女もまだまだお人形の域を出ない。それでも、彼女は、バラ色のすてきな舞踏会用のドレスに着替えることを許してもらってすっかり夢中になっていたのだった。

人々は、興奮しながら舞踏会の間に入っていった。控えの間はイリスの間のまわりをぐるりと一巡するかたちになっており、そのあちこちに着替え用の室もあったし、そのあいだの通路にも椅子や、また軽食や飲み物が用意されていた。イリスの間はとてつもなく広く天井が高く、まるい天井にひと月のあいだに変化する月の様子がぐるりと美しい輝水晶で象嵌されている、という素晴らしい趣向があったが、すでにその奥には宮廷楽士たちが大勢陣取っていて、音あわせをしたり、楽譜をそろえたりしながら、舞踏会のはじまるのを待っていた。その調絃の音が、ガラス器や銀器のふれあうカチャカチャという音や、控えの間のさんざめきに入り交じるのが、いやが上にも（舞踏会がはじまるのだ）という楽しいワクワクするような期待にひとびとの胸をときめかせた。

ナリスは、これからもうひと仕事あることを考えていささか疲れてしまったので、位の高い王族のために用意された特別控え室の、自分用の一室で、ソファに身をなげだし、ちょっと貧血をおこしてくらくらしていた。それから、マントをレースのものに取り替えるために、小姓によばれてしぶしぶ立ち上がったが、いくぶん機嫌が悪くなっていた。

「なんていうばかさわぎだ！」

かれは思わずつぶやいた。それから、差し出された装身具を機械的に、あまり情熱もなく身につけ、さいごに凝ったレースのきわめて優美な銀を織り込んだ黒の舞踏用のマントをかけてくれた近習を見た。

「なんだ、またお前か、レオ」

ナリスは笑った。

「そうだよね。——今夜の夜番までだ、といっていたものね。……カリナエで静かに過ごせる日もあるのに、とんだ貧乏くじだったね」

「と——とんでもございません。ナリスさま」

レオはうろたえながらつぶやいた。もうさすがに赤面はしなくなったが、その目は、うっとりとあこがれに満ちて、ナリスの美しい盛装姿に向けられていた。ほんのちょっと、きらきらしい装身具を増やし、マントを派手なものにとりかえただけで、ナリスの美しい容姿はこの上もなくひきたち、誰もがうっとりと見つめずにはいられぬような、あでやかさと輝かしさが加わっていたのである。

（なんだ、こいつ……本当に、僕に恋してしまったのかな）

ナリスは少しおかしくなりながら思った。べつだん、そうやって、ルブリウスの恋を騎士たちや貴族たちから打ち明けられることも、この美しい少年には珍しいことでもなんでもなかったし、それにちょっとでも心を動かしたこともなかった。天下の美女であるフェリシアでさえ、僕の心を動かすことはできないのだ、とかれはひそかに考えていたのだった。

（そのへんの男たちなんかが、いったい、何をもって僕の心を動かすことができるというんだ？――そもそも、僕の心、というものは、本当にひとに――恋に動かされることがあるのかどうか、それさえ僕にはもうわからなくなっているというのに）

レオは明らかに、ナリスに魅せられているようだった。マントをかけおわると、おずおずと離れて、自分の仕事がおかしくないかどうか点検しながらも、その目はなかば恍惚として絵のようなナリスのすがたの上をはなれなかった。

ナリスは面倒くさそうにそのまま舞踏会のはじまりを告げる音楽によばれて出ていった。そして、そのまま、レオのことなどすっかり忘れてしまった。

ナリスが、優雅に黒と銀のあやしく輝く短めの、房飾りのついたマントの端を片手でつかみ、きれいになびかせながら回廊を歩いてくると、わあっと大きな歓声がおこり、賞賛の声が次々におこった――宴席のときと違い、国王は、舞踏会の開始をつげるともう、ころあいをみてひきさがる、比較的無礼講といってもいい舞踏会だったから、出るものたちの心も、宴席よりもはるかに浮き立っていたのだ。

いさましい聖騎士公の正装に身をかためたベック公があらわれてまた喝采をあび、さいごにかわいらしいバラ色の、ふんだんにフリルをとったドレスに着替え、髪の毛の飾りも同色のきらきらするリボンにかえたリンダ姫と、なかなかシックな紫色のびろうどの胴着に白いふわりとしたシルクのブラウスで、これまたいかにも「小公子」の人形そのもののように可愛いレムス王太子が、服装はかえないが国王の正装のマントを脱いだアルドロス王と、重たい王妃のマントをゆったりとしたレースのストールにとりかえたターニア王妃に連れられて一番奥の高くなった玉座にあらわれてこれまた喝采をあびた。だが、じっさい、今回は、ナリスにむけられた喝采が誰に対するものより大きかった。

またしても果実酒やはちみつ酒、こんどは強い火酒などもふんだんにお仕着せ姿の小姓たちが盆で給仕してまわり、また、別の小姓たちはやはり盆に、しゃれた冷菓や果物、指でつまめる優雅な菓子、酒の入ったボンボンやきれいな花や果実を砂糖づけにしたものなどをのせてひっきりなしに会場を――むろん踊りや社交の邪魔にならぬよう、よく訓練されていたのだが――歩き回った。田舎からきた貴族たちは、ここぞとばかりみんな、持ち込んできた一世一代の晴れ着に着替えていた。なんといっても、晩餐会では座って食事しているだけだったから、どちらかといえば、食べるのにむいた服、酒をこぼしてよごしても惜しくない服のほうがありがたかったのだが、舞踏会では、まさにみんな互いに値踏みされ、眺められ、評価されるのであったから、ことに若い貴婦人たち、貴公子たちの意気込みは大変なものであった。

それぞれにかれらは趣向をありったけこらした服を身につけてめかしこんで、まるでクジャク《イーラル》の群れみたいであったが、何分にも、地方貴族の子弟たち、娘たちばかりだったから、正直の話、日頃のクリスタル・パレスの絢爛豪華な、綺羅星の如き舞踏会に比べるとかなり見劣りする——というか、洗練の度がめだって低いというのは、いかんともしがたかった。

ふしぎなもので、わざわざクリスタルの名だたるデザイナーたち、洋裁師たち、宮廷おかかえの有名な衣裳屋たちにあつらえて最新流行の服を作らせたものも少なくなかったのだが、にもかかわらず——あるいはそれゆえにむしろいっそう、全体としては、かれらはあかぬけなく、やぼったく見えた。もともとの身のこなしのあかぬけないせいか、容姿の磨かれようが足りないためか、金ぴかに飾りたてればたてるほど、かれらは気の毒に、けばけばしく、いささか安っぽく見えてしまうのであった。

そうして、そのことは、自分についてはわからぬながら、他人を眺めればかれら自身にも、目のあるものにはよくわかったので、そうなると、そのなかにすらりと立っているナリスの、べつだん何もめかしこんでいないのに、はっとそのまわりだけ十タッドにもわたって光にとりまかれているかのような、あまりにも群を抜いた瀟洒さと優美さに、かれらは思わず驚嘆を感じないわけにはゆかなかった。もっとも、それで、ひけめを感じるということもなかった――なんといっても、アルド・ナリスはクリスタル公であり、そして間違いなく《パロ一番の美しき若き貴公子》だったのである。

もしかしたら、王太子に何かあったりしたら摂政にも、あるいは展開しだいでは国王にさえなるかもしれぬ人である。むろんそんなことは誰もおくびにも出さないが、レムス王太子が比較的からだが弱く、おとなしい性質で、姉のリンダ姫の活発さに比べて、かなり内気で引っ込みじあんなたちで、（本当に国王向きかどうか）という点にやや疑いをもたれていることはみんな知っている。それだけに、（いずれ、ナリス殿下は、リンダ姫をめとられるのだろうな……）という予測もあったが、それでも、（もしかしたら、パロの摂政、宰相、あるいは国王にさえなってパロを支配するかもしれぬ美少年）という、その後光はいやますばかりである。

もしかしたら、そのナリス殿下のお目にとまれば――万一にも、一瞬でも殿下のお心をとらえるようなことがあれば――万々が一にも、殿下にお気にいられでもしたら――たとえ、ただの妾であろうとも、よしんば《愛人》であろうとも、こんな素晴らしい光栄はない、というのが、地方貴族の娘たちの口に出すのもはばかられる、ひそかな野望の極致であったし、娘が万一にもお声をかけられるようなことがあれば――というのは、その親たちのひそかな野望でもあった。むろん、ベック公も一応そういう野望の《候補》には入っていたのだが。また、もちろん、十歳の王太子では、そういう対象にはなりようもなかったのだし。

（誰が、ナリス殿下に踊っていただく光栄に浴せるのかしら……）

（一番大切な最初のダンスと、最後のワルツは、どう考えても……リンダ姫さまか――フェリシア夫人よね……でも、そのあと……最後の前までに、どのくらい踊られるのでしょう……ああ、どきどきする）

（殿下は、お若いながらダンスの名手としても知られておいでになるし……）

（ご一緒に踊っていただくだけでも、一生の名誉、思い出だけれども……でも、下手だったり、つりあわなかったりしたら、物笑いの種になるだろうし……）

ざわざわと、着飾った娘たちの胸はとどろいていたに違いない。

「音楽を！」

アルドロス王の手があがり、合図すると、さっと楽人の長が弓をふりあげ、ふりおろした。たちまち、にぎやかな演奏がはじまった。

2

(ああ……)

大広間は、華麗な音楽と、ダンスと、そして野望や意気込みやむなしい希望やときめきの渦であった。

その、華やかな光と音と人々との洪水のまんなかで、アルド・ナリスは、ひそかに、おのれのなかに突き上げてくる虚しさと退屈とをもてあましていた。

(やっぱり、出てくるんではなかったな——少なくとも、晩餐会だけで……舞踏会のほうは、体調が悪いといって、お断りしてしまえばよかった……)

たえずにこやかに、あでやかに微笑んでいるうら若いクリスタル公が、そのようなことを考えていようとは、誰一人として——その舞踏会の席上でもっとも炯眼なものでさえ、気づくことはありえなかっただろう。

ナリスは、少なくともおのれの《王族としての責任》については、それこそ青い血の聖王家の誰にもまして厳しく訓練され、また自ら訓練をほどこした王子だった。幼いレムスはすぐに退屈し、また眠くなって、国王夫妻が退出するときに一緒に退出してしまったが、リンダ姫のほうは、その年齢にもかかわらず——あるいはその年齢ゆえに、かもしれないが、次から次へと若い貴公子たちからダンスの申し込みがあるので、頰をほてらせながら片っ端から陽気に踊っていた。彼女はまだ十歳で、年よりは若干大柄だったとはいうもののどこから見たってまだ童女の域を出ていなかったが、本当の幼女の年齢からはすでにちょっと大きくなっていたので、彼女がおとなぶって十代、二十代の貴公子たちと踊っているのはなかなかほほえましい、そして可愛らしい眺めだった。

最初のダンスでは、約束どおりナリスはリンダにダンスを申し込み、大喜びのリンダをつれて真っ先に広間の真ん中の踊り場に出ていった。そして、あでやかなバラ色の、くるくるまわるとすそのフリルが派手になびくダンス用のドレスに着替えたリンダと、かろやかな黒と銀のレースのマントをつけた、青びろうどの衣裳のナリスとが踊るようすは、非常なかっさいと感動とをもって人々に迎え入れられたのだった。

だが、そのときにはともかく、そのあとナリスは、自分から踊りのパートナーを決めることも許されなかった。これは地方貴族の懇親会であったが、同時にそのウラでは、ひそやかに地方どうしのせりあいだの、いろいろな見栄の張り合いだの、実にさまざまなものがはりめぐらされていたので、あらかじめ、舞踏会に出席する高位の若い王族——ことに独身のもの、といえば、どちらにせよクリスタル公とベック公しかいなかったので、かれらは、「どちらの姫君ともなるべく公平に踊って差し上げてください」と、式典長から頼み込まれていた。マドラのシレナス伯爵令嬢とは踊り、イラス領カリナスの領主カリナシウス男爵の令嬢とは踊らなかった、となると、マドラとイラスの間で具合が悪くなる心配もあったし、また、身分は低いけれどもきわめて重要な砦をあずかるケーミの地主アンギウス準男爵だの、身分は高く、家柄はごく由緒正しいがきわめて貧しく、ささやかな領地しか持っていないカンジンドン侯爵だの、というような地方貴族もいた。また、さらに厄介なことに、身分は低いのだが、姉娘が血のつながりからいったら最下位ではあっても王族には違いないルード伯爵に嫁いでいるので聖王家と「まったくつながりがないわけではない」というのを最大の誇りにしている郷士のドルドン準男爵、などというものもいた。

そういうややこしい出席者の事情について、あらかじめむろん、典礼庁の係りの者がナリスとベック公との前に伺候してあれこれと説明してはくれていたのだが、もちろんこれだけの人数——この広大なイリスの間を埋め尽くすからには、最低でも六百人は越えていただろう。むろん、従者だの、侍女だの、なんとかして頼み込んで死ぬまでに一度でいいからこんな華やかな席に出たいともぐりこんだ《田舎の親戚》なども含めてではあるが——についてすべて、顔と名前と背後関係を覚えてしまう、などというのは、さしも選ばれた英才教育をほどこされてきた二人の王子たちにも不可能だった。

それゆえ、ナリスとベック公は、ごく簡単な方策をとっていた——「なるべく希望者の令嬢全員と踊る」ようにする、というやつである。

が、武人であるベック公ファーンにとっては、それはいってみればどんどん総当たりの剣術の試合をこなしてゆくようなものでしかなかったが、もうちょっと繊細でもあれば内省的でもあるナリスにとっては、これはなかなかつらいことであった。令嬢たちは、ただ「一曲踊る」のは、結局のところ礼儀でしかない、ということをちゃんとわきまえていて、なんとかして「二曲目」を踊って下さい、とナリスが申し込んでくれるよう、その一曲のあいだにありったけの知恵をふりしぼったからである。

ファーンはどのみちたいして気にもとめることもなく、一曲踊り終わると丁重に礼をして次の令嬢を誘いにいってしまったが、ナリスのほうは、いちいちその相手の期待にみちた哀願するようなまなざしだの、誇らしげな、おのれのドレスや美や若さをなんとかして売り込み、強い印象を与えようと焦るような物腰だのに反応してしまうので、それでとてもこういう催しは苦手でもあれば、疲れもした。またファーンはわりあい、「武人である」ということで、ぶっきらぼうにしていても「ああいう方なのよ」ですんでしまったが、クリスタル公は「如才ない、愛想のいい、弁舌さわやかな」で通っていたから、ダンスのあいだむっつりとどこかの田舎の令嬢を抱いて踊っているだけ、というわけにはゆかなかった。皆が全身全霊をかけて待っている何か「おことば」をかけてあげ、「すてきなドレスですね」だの「よくお似合いですよ」だの「お国はどちらでしたっけ」だのとささやいてやらぬわけにはゆかなかったのだ。

また、ずいぶんと世たけてきたとはいうものの、ナリスはまだまだ、実際には十九歳にすぎなかった。のちにはこうしたことを鼻歌まじりでさばくみごとさがかわいげがない、と囁かれるくらいになった彼も、この段階では、まだ、何をささやくと令嬢たちが誤解するか、ということについては、あまり知識がなかったのだ。令嬢たちは、ドレスを褒められても、とりあえず社交辞令だとしかとらなかったが、「どちらからいらしたんですか？」とかことに「お名前は？」と聞かれると「クリスタル公殿下は私に興味をもって下さったわ」と永久に主張したがった。だから本当は、そう聞いてしまうのなら全員に同じようにきくべきであったし、口にせぬことにしたら、決して「ことに個人的な関心をよせた」と誤解されそうなことがらは一切誰に対しても口にすべきではなかったのだ。

しかし、ナリスはまだそこまで気づいてはいなかったので、多少の当人の選り好みや正直な感想を結局のところ、多少なりともおもてに出してしまっていた。そして、《そのこと》こそが、大変な波紋を着飾った地方貴族の令嬢たちのあいだに生んでいるのだ――皆が、ファーンよりも、ナリスに踊ってもらいたくて、殺到しているのだ、ということに気づいていなかった。むろん、正直のところ純粋に「それだけ」でそうなっていたわけでもなかったが。どちらにせよファーン王子はハンサムだが無愛想だったたし、ナリスのように輝くほどの美男子、というわけではなかったし、それにいまはまだ婚約者ではないけれど、たぶん意中の人がいる、ということも、とっくに知れ渡っていたのだ。令嬢たちは、いきなりこの舞踏会でクリスタル公妃の座を射止められる、とまではいかに無鉄砲な少女でも夢想はしなかっただろうが、それでも、まったく可能性のなさそうなベック公妃よりは、クリスタル公妃のほうがまだ夢見るだけの価値がある、と考えたのである。

王太子はどちらにせよ十歳であったし、たぶん外国の王女を妻に迎えることになるだろう。クリスタル公も、ふたつにひとつ、いとこのリンダ姫と結婚する、という、もっとも穏当な決着をみる可能性はおおいにあったが、しかし、リンダ姫はかなりの年下である上に、やはり、国王の唯一の姫君として、パロの平和のために、外国の王子のもとに嫁ぐかも知れない可能性も充分にあったし、また、「ナリスさまほどお綺麗なかたなら、美しい、というだけでは女性にはひかれないかもしれない」という――いささか逆説的なささやきもあった。女性の美、というものにはもう、自画像でもって十二分に耐性のあるナリスだから、かえって、才気だの、個性だの、自由恋愛だのにひかれるかもしれぬ、という、相当に都合のいい考え方である。

だが、この虫のいい考えは地方貴族の令嬢達をいたく興奮させたので、おかげでナリスは、ひっきりなしに彼女たちがねらいすました「才気」だの「しゃれっけ」だの「個性の開陳」だのをダンスのあいだにあびせかけられることになった。それもまた、おおいにナリスを疲れさせた。

「すみません、ちょっと休んできます——すぐ戻ってきますからね」

まだなんとかしてちょっとでもナリスのまわりにつめかけ、近くに寄ろうと必死になっておしあいへしあいしている令嬢たちをなだめて、ナリスは小姓に案内させて、かなり這々の体で専用の控え室に逃げ込んだ。まだ、舞踏会がはじまって一ザンあまりだったが、もうすっかり疲れきって、さんざん使いつくされた毛布のような気分になっていた。

「冷たいものをくれないか。——冷たいカラム水を、うんと冷たくして」

いつもは熱いカラム水しか飲まぬナリスなのだが、このときには、なんだかからだじゅうが火照って苦しくてたまらぬような気分だったので、そういった。そして、マントをはずすと力なく、ソファの上にからだを投げ出した。

「ああ——ここはなんて静かなんだろう!」

くらくらしながらナリスはつぶやいた。まだ、扉と廊下としかへだてていないイリスの間のほうからは、にぎやかにまたしても新しい舞踏曲の調べがはじまり、誰かが何か意外な組み合わせを申し込んだのか、どっと令嬢たちの歓声のようなものが聞こえてくる。むろん、ナリスとベック公のほかにも、クリスタルの名のある若い貴公子たちで、頼まれてこの舞踏会に踊りの相手役として出席しているものは大勢いるのだ。いつでも、この手の催しは、令嬢のほうが、踊り相手の貴公子よりもかなり多いのである。そのなかで、ダンスのうまいもの、口のうまいもの、みばのいいもの、たちが人気を集めるようになる。

「あの――」

おずおずとした声をきいて、ナリスは、がんがんと痛みはじめてきたこめかみをそっと指さきでもみながら、ゆっくりと目をあげた。レオがひどく心配そうに、冷たいカラム水の杯をのせた小さな銀盆を捧げて立っていた。

「お飲物を――」

「ああ、有難う」

ナリスはカラム水の杯を取り上げると、珍しく一気に飲んだ。ほてったのどに、冷たくひやしたカラム水が流れこんでゆく。ナリスは思わず深いため息をもらした。

「ああ――うまいな。もう今夜は果実酒もはちみつ酒も沢山だ！――本当をいうとダンスも社交辞令ももう沢山なんだけどな」

「だいぶ――その――お疲れのご様子でございますが……」

おずおずとレオがいう。ナリスは顔をあげ、相手の朴訥な、だがひどく心配そうな顔を見て、うなづいた。

「ああ。疲れたよ。とても疲れた」

「あの――何か、お命じ下されば……その……」

レオは困惑したように口ごもったが、思いきったように続けた。

「私は――とても、気が利かないものですから……何をどうしてさしあげたら良いのか、お望みが……気が回らなくて……おおせいただければ、その――お肩とか、おもみした方がよろしいでしょうか……？」

「いや、今はいいよ。まだ宴が終わったわけじゃないんだ」

「……」

よけいなことを云って気の滅入っているあるじの気分をいっそう滅入らせてしまっただろうか、といいたげに、レオはおもてをかげらせて顔をふせた。そのようすをみて、ナリスは声をやわらげた。ずっと令嬢たちの機嫌をとっていたので、もう女の子と話すのはたくさんだったのだ。

「なんだかとても疲れてしまった。これだけの数の女の子と踊らなくてはならないんだからね。だのにまだ、半分もすませていない。まだあと、並んで列を作って僕が踊りに誘うのを待っている令嬢たちが百人もいるんだ」

「どうしても、全員と踊られなくてはならないのですか？」

思わず口をついて出てしまった、とでもいうように、レオがいった。そして、あっというような顔をした。

「その——余計なことを申し上げました……」

「いや、余計なことではないよ。まさしくそれが一番の問題なんだけれどね。そう、全員と踊らなくちゃいけないいんだ」

「ど、どうして……」

「依怙贔屓はいけない、という決まりになっているからだよ！　どうして、一回踊ってあげることが、贔屓だ、というようなことになるのか、わからないいんだけれどもね」

「それは、令嬢がたにとっては、夢のような一夜かぎりの出来事かもしれませんが……」

心配そうにレオはつぶやいた。

「ナリスさまは、とてもお疲れになりますでしょう」

「まあ、これが仕事だからね」

云ってから、ナリスは、ふっとむなしい気分にとらわれた。

「王族だの、ことに王位継承権者なんていうものは、つまるところ、ああいう人たちに夢を見させてあげるための人形みたいなものにすぎないんだな。そう思うと、なんだかいったい自分が何をやっているのか、わからないという気持になるけれど、まあ仕方もないね。――それもまあ、僕がいまのパロの王族のなかで数少ない、若い独身の男子だから、ということなんだけれど……」

「そんなことは関係ありません」

レオが、何を思ったのか、ひどく強い口調で言い切ったので、ナリスはちょっと驚いてレオを見上げた。

「関係ないって……？」

「ナリスさまは、若い独身の王子様であろうとなかろうと――そんなふうに、あんな田舎くさい女どもが玩具にしていいようなおかたではありません。――そもそも、あんな女どもが、そんなばかげた夢を見るなどということからして言語道断にも程があります。身の程知らずもいいところだ。――先程控え室で娘どもがきゃあきゃあとばかげた話をしているのをもれ聞いてしまったのです。万一ナリスさまのお目にとまったらどうしようなどと、たわけた限りのことを。――とんでもないことをほざく連中だ。いったい、ナリスさまのようなかたにふさわしいような何をおのれが持っているとでも――」

おのれのたかぶりに気づいたように、レオは顔をどす黒くあからめて口をつぐんだ。

「失礼致しました」

にぶい声で、レオはわびた。

「ついその……その話をきいていて、ずっと頭に血がのぼってしまっておりました。…

…ナリスさまが、こうしてお疲れになっているところを目のあたりにしていると――あの牝どもがどんなに身の程知らずでおそれというものを知らぬ馬鹿どもかということがあまり腹がたって……」

「お前って、ずいぶん、気性が激しいところがあるんだね、レオ」

いくぶん驚いてナリスは云った。

「どうも――その――またしても不調法をいたしました……」

レオは悲しそうにいった。それでも、だいぶん、馴れてきたらしいようすは察せられた。

「わたくしは、ケイロニアの血のせいなのか……とにかくがさつで、気が荒くて――皆にも思い込みが激しすぎ、短気すぎるとしきりと云われますのですが……ナリスさまをお守りして差し上げたいという思いが、つい……」

「そう云ってくれるのはとても嬉しいことだけれどね」

疲れたようにナリスは云った。そして、ゆっくりと身をおこした。

「さあ、また踊ってこなくては。百人というのは言い過ぎだけれど、あと五十人はどう少なく見積もっても令嬢たちと踊ってあげないわけにはゆかない。――でもね、あの人たちは、あれだけが楽しみで地方からはるばる、お金をかけて、衣裳を作り、胸をはずませてクリスタルまできているんだからね。それを思えば、それだけの何か、ちょっとした思い出でもいいから、持って帰ってもらわないわけにはゆかないからね」

「ナリスさまは、あんまりお優しすぎるのだと思います」

レオはつぶやくようにいった。だが、そのことばは、立ち上がって、音楽のにぎやかにわきたっているホールとのあいだの扉をあけたナリスにはとどかなかった。

「まあ、王族というのはこういうものだからね。じゃあ、いってくるよ」

マントを忘れたことに気づいて、ナリスは控え室のなかに戻ろうとした。素早く、レオがマントを取り上げて、ナリスの肩にまわそうと手にとってひろげた。

「有難う」

ナリスは、疲れた顔でかすかな微笑をレオに向けると、レオが着せかけてくれるマントの美しい銀のとめがねをとめた。それから、元気をふるいおこすと、廊下に出た。あわてて小姓がついてくる。

「あ」

だが、ホールに戻ろうとして、ナリスは足をとめた。

「ご機嫌よろしゅうございます、殿下」

「デビ・フェリシア」

奇妙な、幾分ほっとするものを感じながらナリスは云った。

「おいでになっていたの？　珍しいね、あなたのような洗練されたかたが、こんな――

といってはいけませんが、こういう舞踏会に？」

「気になりましたのよ。今年の、地方貴族の令嬢たちのなかに、もしかして、どなたかのお心を射止めてしまう幸運なかたや——それとも、絶世の美女がひそんでいるかもしれないと思いまして」

「あなたのサリアの玉座をおびやかすような女性が、地方になんかひそんでいるわけはないでしょう。これも、差別かな」

「差別ですわよ。それに、お忘れのようですけど、わたくし、そもそものデビューはこの懇親舞踏会でしたのよ、いまを去ること何十年もの昔」

フェリシア夫人は、すっきりとした深い紺色の、あまり飾りのついてないドレスを着て、すきとおるストールをその上からからだにまわしていた。のどもとにきらきらと、ちょっとクムふうの銀の幅広の首飾りがきらめき、襟のようなかたちにその細い首を飾っていた。髪の毛もちょっとクムふうにてっぺんにあげて結い上げてから、上から細い銀の飾りひもをたらしてあって、とてもすてきだった。大人びてもいたし、あかぬけていることはこの上もなかった。たとえ彼女が舞踏会の間を埋めつくしている十六歳から二十三、四歳くらいまでの令嬢たちに比べてずっと年上であろうとも、どこから見ても、彼女ほど美しくあでやかで、しかも優美な《大人の女性》の魅力をふり零している女性は、この長い晩餐会から舞踏会のあいだに、一人として見なかった、ということは、ナリスは領地のすべてを賭けてもいい気分だった。

「何をごらんになってらっしゃるの」

「あなたは、とてもお綺麗だと思って」

「まあいやだ。わたくしは、デビューなさる令嬢たちを見守る乳母のつもりで参ったんですのよ。わたくしに、踊れなどとおおせにならないで下さいませね。わたくしは、あんなお若くてきれいなぴらぴらした令嬢たちと、踊りの座で比べられるのなんかまっぴらですわ」

「何をいってるんです。あなたほど美しくて艶麗な人なんかひとりもいないだろう、ということは、誰よりも御自分がよくご存知なんだろうに」

にわかに、ナリスは、おのれの舌がひどくなめらかに、そして生き生きと動き出したことにちょっと驚いていた。もうさっきまで、胸をどきどきさせ、頬をあからめている令嬢たちに、優しくほほえみかけながら何か話しかけなくてはならないと思い、その話しかけることばも思いつかなくなってなんとなく脳がしびれたようになってしまい、舌も動かず、しびれたような気分になっていたのだ。それで、どうあってもこの令嬢たちの群れから逃げ出して多少体勢を立て直す必要を感じて、控え室に逃げ込んだのである。

「相変わらずお口のうまいことを。それで、お目にとまった幸運な令嬢はおられましたの。当夜の第一等の美人はどちらの姫におきまり？」

「もちろん、それはあなたですよ。デビ・フェリシア、他にいったい誰がいると。サリアの生まれかわりのようなかた」

「またそんなことをおっしゃる。──ああ、思い出すわ、わたくし。わたくしは、サラミス公の長女として、おどおどしながら、長い巻毛を生まれてはじめて頭のてっぺんに結い上げて、胸をどきどきさせながらやっぱりこの広間に入っていったんですわ。父に腕をとられながら。──あのとき、どんなに綺羅星のごとく並んでいる麗人たちがまぶしかったか、若い貴公子たちが輝いて見えたか、目もくらむばかりのお歴々に圧倒されて息苦しかったか、まるできのうのことのように覚えていますわ。あのときのドレスの色まで覚えている。──純白でしたわ。純白で、レースもあんまりついてなくて。父のサラミス公はそれは、それなりに地方貴族としては大貴族だったんですけれど、お金の使いかたなんてものはほとんど知らなかったので、娘というものは清楚でさえあればいい、流行なんか追いかける必要はまったくない、という意見をまげようとしなくて。──それで、わたくしの衣裳は、サラミスの衣裳屋がみようみまねで作ったものでしたのよ。わたくし、そのドレスが国元では得意で得意でならなかったんですけど、一歩この宮殿に入ったとたんに、自分のドレスが一番見劣りすることがわかって──泣き出しそうでしたわ。その場で自殺してしまいたかったくらい。どなたも素晴らしいドレスを着ていらして……私、顔もあげられぬ思いで、誰もきっと声ひとつかけてくれないだろうと思いながら入っていったんですわ。十五歳のとき」

「でもその席で、あなたは——」

ナリスは肩をすくめた。サラミス公の息女フェリシア姫は、その最初の舞踏会で、二人の青年王子、アルシス王子とアル・リース王子の兄弟をひと日で、国を滅ぼしかけるまでに熱烈な恋に陥れてしまったのだった。

3

「そう――そんなこともありましたわね」

フェリシア夫人は落ち着いた大人らしい微笑をたたえながら、ドアのほうを指さした。

「さあ、お入り下さいませ。わたくしとなんか、ご一緒に入ってゆかれると、令嬢たちががっかりなさるわ。おひとりでどうぞ。わたくし、ちょっと遅れてあとから入ります」

「……………」

ナリスはちょっと肩をすくめてそのフェリシアを見つめた。つい昨夜の夜更けまで、きらびやかな衣裳も脱ぎ捨ててからみあい、いだきあっていた相手が、そこでそうして妖しく笑いながら扇をゆらめかせている。ナリスもまた、妖しい大人びた微笑を美しい顔に漂わせると、にわかに五、六歳年をとった、とでもいうように大人びたようすになって――ということはすっかり疲れきったようすもなくなって、小姓に命じてイリスの間のドアをあけさせた。

とたんに音楽がどんと壁になってぶつかってくる。ナリスの帰りをまちわびていた令嬢たちが歓声をあげる。

「すっかり、お待たせしてしまいましたね」

あわてて、踊りの相手に指名してもらおうと長いすそをゆらめかせながら殺到してくる令嬢たちを見回して、まるでフェリシア夫人の存在がかれを別人に変えでもしたというかのように、ナリスはにっこりと艶冶に微笑んだ。その物腰には、ゆとりを取り戻した落ち着きが感じられたし、そのせいで、いっぺんに年齢までも五、六歳は大人になったような感じさえもした。令嬢たちのほうはだが、むろんそんなに世馴れてもいなければ、事情にもうとかった。なかには、口さがない宮廷すずめの囁きで、デビ・フェリシアとナリスの情事のうわさくらいは聞き知っているものもいたかもしれないが、どらにせよ、まだフェリシア夫人は用心深く、大広間に姿をあらわそうとはしていなかったのだ。それゆえ、最初からナリスの地位や身分や、そしてその美しい容姿に眩惑され、ナリス全体が光り輝くようにすら感じていたので、ナリスの様子が変わったことになど、気づくほどに落ち着いていられるものはいくらもいなかっただろう。彼女たちはそもそも「この華やかな舞踏会の席にいる」というだけで、すっかり興奮しきっていたのだ。

ナリスは、自分でもふしぎなくらい、気分が落ち着いて、控え室に逃げ込んだときのへとへとになって不機嫌な気分がすっかり直ってきたのにひそかに驚いていた。それがフェリシアの顔を見たために生じた変化だ、と思うことに、誇り高いかれの心は抵抗した。

（まるで——あのひとの存在が、僕にそんなにも大きな影響を及ぼすというみたいに……）

そんなふうにして、（誰か）に感情の動きを支配されるなど、まっぴらだ、とかれは十九歳の誇り高い頭をそびやかして思うのだった。

（たとえ、それが、彼女であったとしても……）

大広間の入り口で、ふいにどっとあがった歓声——こんどは男性の声が主体の——が、令嬢たちに取り囲まれていたナリスに、誰が広間に入ってきたのかをはっきりと知らせた。同時にまた、女性というものが、年齢や地位によってもてはやされるわけではない、ということをも。

フェリシア夫人の、有名なその名をささやく声がそこかしこで聞こえた。名高い《パロ一番の美女》の実物を見て感動した若い地方貴族の男の子たちだけでなく、令嬢たちも、《クリスタル宮廷最高の美女》の秘密をときあかそうと、そちらに群がろうとした。

だが、その人波がどっと割れて、まるで海に「私を通すために割れよ」と傲慢に命じた神話のあの伝説の王、マリディウスのように、その人を通した。——フェリシア夫人は、もうすでに見たとおりのあでやかだが洗練された、おさえた色調に身をつつんで、威風堂々と大広間を歩いてきた。そのあいだ、踊りは思わずも止まってしまっていた――それよりももっと面白い見物にみなが吸い寄せられてしまったのだ。

フェリシア夫人は、にこやかに左右の人垣にむかって微笑みかけ、いかにも鷹揚に美と愛嬌とをふりまきながら進んでゆくと、まっすぐにナリスのほうに向かってきた。ざわざわっと人々が揺れる。

「御機嫌よろしゅうございます、クリスタル公アルド・ナリス殿下」

あでやかなデビ・フェリシアが、紺色のスカートのすそをつまんで、限りなく優美なお辞儀をすると、ナリスは負けるものかと典雅に微笑み返した。

「ようこそ舞踏会へ、デビ・フェリシア。いつもながらお美しくて、さながらサリアの女神がご降臨になったのかと思いました」

「何をおっしゃることやら。――かけちがって、だいぶん久しくお目もじいたしておりませんでしたが、殿下もますます凛々しく、男らしくなられて」

「あなたのようなかたにそういっていただくと光栄ですよ。デビ・フェリシア、もしも今夜踊られる予定なら、その第一番のお相手をやつがれにお許し願うわけには参りませんでしょうか」

「まあ」

フェリシア夫人は、予想していたくせに、大仰に羽根扇で口元をおさえてみせた。

「なんてことをおっしゃるのでしょう、ここにお集まりの美しい令嬢がたの母親のような年齢のこのわたくしに。——もう長いこと、ダンスなど、いたしたことも御座いませんわ。申し込んでくださる殿方もおいでではございませんでしたし」

「そうですね。おとといの舞踏会では、踊りがはじまると同時にお帰りになってしまわれましたものね、大勢の申し込み者の涙をふりきって。——何か、舞踏会などよりもきっと楽しいことがおありだったのでしょうね。——やつがれのせつなるお願いは、お聞き届け願えるのでしょうか？」

「アルド・ナリス殿下にダンスをとご所望いただいて、『いや』という女人が、この世にあるものでしょうか」

フェリシア夫人は嫣然と微笑んでみせた。

「お恥ずかしゅうございますが、喜んでお相手させていただきます。でも、ゆっくりのワルツになさって下さいませね。もう寄る年波で、足もとがおぼつきませんのよ、早いダンスでは」

「何をおっしゃることやら」

ナリスは肩をすくめた。そして、まわりを埋め尽くしてこのやりとりに耳を痛いほどそばだてている令嬢たち、公子たちにむかって、いささか憎らしいほどの笑顔をみせた。

「姫君がた、申し訳ありませんが、あと一曲か二曲のあいだを、私がこのサリアの女神を賞賛する礼拝に捧げるのをお許し願います。――そのあとで戻ってきて、可愛いサリアの巫女たちのものになりますから。必ず」

「もちろんですわ」

令嬢たちはおどおどしながら――あるいはうろたえながら口々に答えた。

「おお、お望みどおりだ。『ロザリアのワルツ』ですね。――では、デビ、お相手を」

ナリスは、少女のように白い細い手をたおやかに差し出した。その上に、フェリシア夫人が、負けず劣らず白い絹のように磨き抜かれた手をすいとのせた。

人々の何故とはない溜息に包まれるようにして、豪奢な二人組は、ホールの中央に、物悲しいキタリオンの調べにのって優雅にすべり出ていったのだった。

＊

「悪いかたね――！」

人々の注目をいっせいにあびているのなど、こともなげに、フェリシア夫人は馴れきった優雅な足運びでほとんど無意識に踊りながら、年若い連れにささやきかけた。

「なんでです」

ナリスはなめらかに夫人をリードしながらささやきかえす。ナリスはほっそりしていたが、かなりの長身であったので、夫人の頭はナリスの肩のあたりにあった。いかにも、もたせかけるのにちょうどいい高さ、といったところだ。

「あんなふうに大勢のお嬢さんたちを弄んでいらっしゃるからよ。あの子たちはみんな、あなたの気を引きたくて血まなこになっているんですわ。それはとっくにお気づきでしように」

「僕には関係ないな。僕はしなければいけないことをやっているだけですもの」

ナリスも夫人も、かなり近くにきたものでも聞き取れないくらい、互いにしか聞こえぬくらい低い声でささやきあっていたので、不注意なものには、二人がダンスに熱中しているのではなく、会話のほうを楽しんでいるのだ、ということさえもわからなかったかもしれぬ。

「あなたは何でも持っておいでだわ。美貌、地位、若さ、独身で優雅で聡明で——誰だって、女なら、あなたと恋に落ちることを夢見て気が狂いそうになることでしょうよ」

「なんで、そんなことをおっしゃるんです。——僕が、あなたと恋に落ちていないからご不満だ、ということ？」

「どうしてそうなるの？　私、あなたと恋をしたいなんて一度だって思ったことはありませんわ、殿下。あなたを手に入れたい、と思ったことはたくさんあってもね」

「それは、違うんだ。貴女にとっては」

「まあ、あまり同じ意味ではありませんわね。――だって手に入れなくても恋は出来るし、恋をしなくても手に入れることは出来るじゃありませんか」

「また箴言ですか！　じっさい女アレクサンドロスのようなかただ。貴女はこの舞踏会で僕が誰か田舎から出てきた清純な令嬢と雷のように恋に落ちないかどうか、見張りにいらしたんでしょう？」

「そうとも言えるかもしれないわね。それとも、あなたが恋に落ちるところを見物しにね」

「どうして。毎晩毎晩たくさんの舞踏会が催されている。僕はたくさんの美しい令嬢や貴婦人たちをこの手に抱いて踊る。だけど、そんなふうな《サリアの雷》になんかうたれたことは――」

「あなたはお心がきっと北方の氷雪の国の氷ででも出来ておいでなんですわ」

「失礼だな。またそういうことをいって」

ナリスはにこやかに笑顔を見せたまま、やや手荒く夫人の手をつかんでぐるりとまわらせた。

「それが、あなたのなされる最大の仕返し？」

フェリシア夫人は年齢にしては確かにきわめて軽快な身のこなしでひらりとまわって、またもとの位置に戻ってきながら、

「私はただ、この懇親舞踏会でデビューしたから、懐かしかっただけ。──あのころの私が、おずおずとあちらのカーテンのかげからのぞいているのを見るような気がして。あのころはとても内気だったから、ほかの令嬢たちがどんどん王子さまたちと踊っているのをただ、うらやましく見つめているだけでしたわ」

「そしていつでも王子様を射止めるのはカーテンのかげからじっと見つめている内気な美少女だ、ということなんですね。貴女のおっしゃりたいのは」

「今夜はなんだか、とてもからむのね！」

「貴女が、からまずにいられないようなお話のしかたをなさるから」

「曲が、終わってしまうわ」

フェリシア夫人はなんとなくしどけない感じでつとナリスの胸に身をあずけた。

「もう一曲、私と一緒にいて。それで解放してあげるから」

「貴女がそんなことを」

ナリスは苦笑しながら、いったんパートナーに礼をし、それからあらためて手をさしだした。

ナリスがフェリシア夫人と踊り続けるつもりだとわかって、遠巻きに見守っている令嬢たちの口からいっせいに溜息が洩れたけれども、だが、同時にそれは不満の溜息というより、感嘆の溜息も混じり合っていた。

これはじっさいまったくの偶然ではあったが、ナリスは青いびろうどの衣裳に黒と銀のレースのマントをつけていたし、フェリシア夫人のほうは、深い群青色のドレスにすきとおる銀のストールをまきつけていたので、まるで二人は申し合わせて対の服装をしてきたように見えた。それはきわめて目をひく光景であったし、どちらもきわだって美しく艶麗だったので、二人が踊っているのは、まるで絵か彫像のようにみごとな眺めであった。踊っているものたちさえ、ちゃんと二人のようすが見られるようにちょっととまんなかをあけて、うっとりしながらそのようすを見つめていた。音楽は次にちょっと早くて心の浮き立つような『娘たちが花を摘む』に変わったが、フェリシア夫人は、ゆっくりの曲がいい、といったことなどすっかり忘れてしまったかのようなようすですましてみごとな速さでくるくる回転し、すそをひらひらとひらめかせていた。

そうしながらも、かれらは、ひそひそとしゃべるのをやめようとはしなかった——が、さすがに、若いナリスはともかく、フェリシア夫人のほうは、この速さで踊りながらだと、短いことばをかけることしか出来なかったのだが。

「私が、あなたを、縛りつけよう、としている、などとだけは、決して、お思いにならないで欲しいの」

フェリシア夫人は目をきらきらさせ、頰を紅潮させながら、踊るあいまに短いことばを投げかけた。

「あなたは自由で――そして、私も自由、そうでしょう？　だから、私たちは、他の男女とはまったく、違っている、のだわ」

「貴女がそう思いたいというのならね。フェリシア」

ナリスはなにごともないかのように優雅に動きながら、フェリシアのそのことばを受け止めた。

「むろん私たちは自由だし――で、どうなさろうと？　誰か、僕以外にどうしても手に入れたい相手を見つけた、それゆえのおことば？」

「何をおっしゃってるの」

フェリシア夫人は妖しく笑った。

「逃げ出したがっているのは、あなたでしょう、ナリスさま」

「僕が、あなたから？」

「違いましたかしら？」

「僕はそんなふうに思わせるようにふるまったりしていました？」

「というよりも、私の防衛本能がそう告げるのかもしれないけれど。――あなたに、この上深入りしてはいけない、と」

「それが本音ですか。――僕はそんなにしつこい男で、あなたに惚れ込んで限度がなくなりそうだと？」

（それは、私のことだわ）

フェリシア夫人はつぶやいた。だがそのつぶやきは唇のなかでとまったので、ナリスにさえ、聞こえなかった。

「どなたか意中の人を見つけて下さいな、ナリスさま。リンダ姫はお若すぎるけれど、あそこでああしてあなたのお手をひたすら待っている令嬢たちを。誰でもいいから」

「誰でもいいとは、また」

「誰だって同じことよ、恋なんて。私はずっとそう思っていましたわ。そしてあなたは、恋についてよく知っているとおっしゃった。だったら私の申し上げることだっておわかりのはずだわ」

「何をいいたいんです。フェリシア」

「さあ……」

「『もう今夜限りにしよう』――？　そうですか？」

「そうじゃありませんわ。それだって、逆に……縛られていることじゃありません？　自由なら、もっともっと、自由になれるはずだわ」

「僕にどうしろと？」

「恋をなさって」

フェリシア夫人は、踊りの振りのようなふりをして、片手をあげ、令嬢たちのほうをさししめした。

「あそこにいるあの若くて、初心で、あなたにふりむいてほしくてうずうずしている令嬢たちの誰でもいいから、恋をなさって。そうしたら、あなたを自由に――本当に自由にして差し上げましてよ。いまのままでは私――」

「いまのままでは、何が気に入らないと?」

「私は……」

フェリシア夫人の、とりつくろった表面にごくわずかなひびが入った。

夫人の海の色の瞳のなかに動揺に似たものがあらわれた。夫人は、困惑した少女のようにナリスを見上げた。

「自由になりたいの。このままでは、私は……」

「このままでは、貴女は?」

(あなたに――とらわれて動きがとれなくなってしまいそうなのよ。私は……驚いたことだわ、私は――私は思っていたよりずっと、あなたに心を奪われてしまっているんだわ。――私は、それが自分を許せないんですわ。私の――私のいとしいかた)

そのささやきは、しかし、唇のなかでかき消えた。

「――わかりましたよ」

だが、ナリスは、そっけなく云った。そして、ちょうど音楽が終わって、みながわらわらと立ち上がったり、逆に椅子にかけようと壁ぎわに戻ってゆくところだったので、フェリシアをあいている椅子に連れていってかけさせてやり、小姓に飲み物を持ってくるように言いつけ、申し分ない相手役としてふるまいながら、いくぶんひややかな目でフェリシアを見た。

「ご希望通り、貴女は自由ですよ。——僕は決して貴女の自由を束縛したり、奪おうなどと思ってはいませんから、ご安心下さい。それでももっと、僕が誰か別の人のほうに目をむけなくては安心できない、貴女を縛ったり、愚かな恋に落ちた男のようなふるまいをはじめるだろうとおそれておいでなら——」

ナリスは肩をそびやかした。

「いいですとも。貴女のお心がやすまるように、どんなことでもしてみせますよ、僕は。——そう、あのなかの誰かと恋に落ちたら、貴女はご満足ですか？　それで貴女はご安心なさる？」

「お声が大きすぎますわ、殿下」

「そうですね。貴女はいつも大人で——」

ナリスはことばをきった。それから、挑むようにフェリシアを見つめた。

「いつもいつも、僕を年下扱いして、坊や扱いなさるかと思えば——まだ恋などしたこともないだろう、とまでおっしゃる。……いいですとも。僕が貴女の教えて下さった恋愛の技術を無駄になどしていないんだということを、貴女に、目にもの見せて差し上げますよ。――そして、貴女がどんなに自由かということを、お好きなだけお確かめになったらいい。――どの娘でもいい。貴女がお命じになった相手と恋に落ちてみせますよ。――恋に落ちるのは無理でも、恋に落としてみせて差し上げましょうよ。そうしたら、貴女もご満足なさるでしょう。そんなほのめかしばかりおっしゃって、僕が貴女を束縛するだろうとか――つまりは……」

ナリスはちょっとことばに詰まった。それから思いきったように小声で――ただし顔はにこやかになにごともなかったかのように微笑をうかべたまま――云いきった。

「つまりは、貴女は、僕をばかにしておいでなんだ。……僕には何も出来なくて、そのうちに僕が貴女の重荷になるだろうと決めつけておいでになるんですね。いいですとも。どの女の子がいいかいってみて下さい。どの色の服の子、だけでもかまやしない。その娘と踊って、そしてその娘を恋に落として――僕のあたらしい情人にしてみせますよ。そうしたら、貴女もご安心でしょう。つまりは、僕が貴女に夢中になりすぎると心配していらっしゃるわけなんだから。一人でも、二人でもかまいませんとも。その程度の器量は僕にはあるつもりですよ！」

「ま……」

フェリシア夫人は、自分がかきたてようと思ったのとはまるきり反対の火花が、日頃物静かなこの青年クリスタル公のなかに燃え上がるのをみて、一瞬気を呑まれたように見えた。それから、負けるものかというように肩をそびやかした。

「ようございます」

彼女は厳しい声でいった。

「なら、あの――そう、あのお嬢さん――」

フェリシア夫人の目はまっすぐに、令嬢たちのまんなかあたりに向けられていた。それから、その上をなめるように見回して、隅のほうへと向かった。

「あのカーテンのかげに半分身をかくすようにしている、緑色の服のお嬢さん、栗毛の――あの大人しそうな令嬢はどこの姫君かしら。そんなにおっしゃるなら、あの令嬢と恋をしてご覧遊ばせよ。そうしたら、あなたはいっぱしの恋愛道の騎士で、英雄なんだと認めてさしあげて、もう二度と子供扱いだの、あなたのお怒りになってやまない坊や扱いはしないことにいたしましてよ」

「わかりました」

ナリスはふたことと言わせぬ意気込みで答えた。

「あの緑の服の――すそにひだ飾りのあるやや――いや相当旧式な服を着た、あまり美人でないお嬢さんですね。いいですとも。あなたはすごい美人や自分に自信たっぷりな令嬢だと、自分の競争相手になるかもしれないと心配しておいでで――ああいう真面目そうな令嬢だと、僕の誘いなど、警戒して乗らないだろうとたかをくっておいでなんでしょう。じゃあ、これは賭けですよ、フェリシア。僕が勝ったら貴女はもう僕を子供扱いなさらない。貴女が勝ったら——」

「私が勝ったら？」

「いさぎよく、僕は恋愛からは手をひき、自分には不向きなんだと認めることにしましょう。そして貴女は自分にはあまりにも偉大すぎるサリアの女神なのだと認めて、もっと貴女に相応しい大人の男たちに貴女をお返しすることにしますよ。それでよろしいですね？」

「結構よ」

いくぶん鼻白みながら、フェリシア夫人は騎虎の勢いで答えた。

「お好きなように。でも、それは時間をかけたら何だってお出来になると思うわ、あなたは若く美しいクリスタル公なんですから。今夜と、明日の夜。それまでのうちにあの令嬢をものに出来たら——ただものにするのじゃなく、熱烈な恋に落とすのよ？　それが出来たら、あなたをこれ以上申し分がないくらい認めて差し上げましょう。でも、その証拠はどうしたらいいかしら……」

「彼女に、『あなたのためなら、わたくしは死んでもかまいません』と言わせたらどうです？　今日会ったばかりの相手と恋におちて、一夜でそこまで突っ走らせることが出来たら、それこそ僕だって、恋愛の達人としてまんざらでもないという、そういう証明になりやしませんか。それとも、そんなに僕が信用なされない？」

「そんなことはないわ」

またしても、鼻白んで、フェリシア夫人は云った。

「いいですわ。じゃあそれを成就になさって。でも、そのあとどうなっても、わたくしは責任などとりませんわよ」

「そんなもの、貴女にとらせるくらいならはじめから――」

ナリスは何かを払いのけるような身振りをした。そして、にぎやかな音楽がまたはじまったホールのなかへ、ひらりと身をひるがえして突進していった。

フェリシア夫人は、なんともいいようのない目つきで、そのほっそりした若鮎のようなうしろすがたを見送り、それから、小姓に、「一番強い火酒を二杯」大至急で持ってくるように言いつけたのだった。

4

音楽は、とぎれるいとまもなく奏でられ続けていた。

ナリスは、なんとなく苛々したものにかきたてられるように、広間のまんなかに飛び込んでいったが、いくぶんとまどったように足をとめた。かれのようすが、さきほどまで——フェリシア夫人と踊る以前とも、それから一回休憩をしに控え室に引っ込んでしまう以前とも、それぞれに微妙に異なっていることに気づいた令嬢たちは誰もいないようだった。もっとも、彼女たちには、日頃のナリスのようす、などというものをよく知る機会など、与えられるすべもなかったのだから無理もない。

(なんで、あのひとは——)

ナリスはかるくくちびるをかみしめると、鋭くなった目を、何かを探し求めるようにあたりの令嬢たちに注いだ。もともと、端麗な、やさしげな容貌のかれであるから、そういう目つきになっても、怖い顔にはなりはしなかったが、何か、さすがに近づきがたいオーラのようなものを発散したのかもしれない。令嬢たちは、さっきあんなに先をあらそってナリスの目にとまろうと近づいてきて右往左往していたのに、こんどは、なんとなくもじもじしながら、ナリスの目をおそれるようにおもてを伏せて、先をゆずりあった。それもナリスをちょっと苛々させた。

かれは、フェリシアが罪な賭けの対象にと気まぐれに指し示した、緑色の服の令嬢に目をむけるのをまるでおそれているかのように、あたりを何回も見回したが、それから、自分のそのしぐさがいささかおかしいということに気づいて、肩をすくめ、小姓をよんだ。

「はい、殿下」

「あの――カーテンのところにいられる……緑色の服の令嬢はどちらの姫君？　どうして、ダンスの輪に入られないの？　うかがってきて。むろん、私からだとは云わないように」

「かしこまりました」

小姓は消え失せた。ナリスはなんとなく落ち着かぬ気持ちのまま、令嬢たちを見回した。令嬢たちは、ようやくまた、今夜の目的をあらためて思い出して勇気をふるいおこした、というように、がやがやとさんざめき、くすくす笑いながら、お目にとまれるよう前に出るようにと互いにつっつきあっていた。その罪のないようすは、いかにも可愛らしく、無邪気な花々が咲き乱れているようではあったが、そのなかから、誰かひとりをこれぞとぬきんでて見せるようなものはまた、もののみごとに何もなかった。

ナリスはいくぶん冷たい気持になりながらそのようすをあらためて見つめていた。令嬢たちのまわりには、ナリスのおこぼれを頂戴したい——とまでいうわけでもないが、ダンスのお相手を申し込もうと必死の若い公子たちも大勢うろついていたが、その公子たちも同じであった。なかには、田舎貴族とはいえなかなかみめうるわしい若者もいれば、これはいかに着飾ってもかなりの田舎からきたらしいな、と一目でわかってしまうようなもっさりした若者も、令嬢のほうにも一生懸命きらびやかにしても気の毒にちっとも似合っていない、不幸にして田舎貴族の父親によく似てしまったらしい、というようなのもおおいにいたのだが、それでも若さ、というのは有難いもので、そのあたり一帯は、熱気と若々しさと野望と希望とで輝いているかのようにみえた。

それがナリスにはいささか鬱陶しかった——同じ十九歳にすぎないのではあったが、すでにナリスの魂のなかには、選ばれた者の憂悶も煩悶も、また焦慮や苦衷も、誇りも悲哀もすべて目覚めてしまっていたのだ。そうして同い年くらいの若者たち——まして地方から出てきたような——のあいだにいることは、ナリスには、おのれが、どれほど他の若者たちとかけはなれた存在であるか、ということをいやというほど痛切に思い知らせ、あらためておのれの孤独を思い知らせる以外のなにものでもなかった。

令嬢たちをかれはむしろ悲哀をさえこめた夜の色の瞳で見つめた——それぞれにあり

ったけきらびやかに着飾り、華やかにこの夜のためにとけんをきそっている姫君たち。それでも、彼女たちは地方貴族とはいえ、貴族階級の姫君であり、それぞれの領地に帰れば、その地方のあこがれのサリアの娘たちであるには違いなかったのだ。うすもののふわふわした布地を上にくっつけた、はなやかなドレスをまとっている娘もいた。巻毛の娘も、まっすぐな髪の毛を頭のうしろでたばね、羽根をまきつけている娘も、レースの巨大なリボンで頭が重たそうに見える娘もいた。縞の裾模様の入ったバラ色と紺色のドレス、花柄を一面にちりばめた田園風の生地のドレス、紫のびろうど、赤のびろうど、緑色に小花柄をとばしたしゅす、木目模様の固いしゅす、つややかでしなやかなクムの絹——白いサッシュを結んで長々とうしろに垂らした娘、花を胸にも髪の毛にも飾っている娘。

美しいのもいれば、それほどでないのも、気の毒にお世辞にも美しいとはいえないのもいたし、美しいのにも、愛嬌のあるのやないの、鼻の高い娘、低い娘、目の大きい娘、小さい娘——色の黒いの、白いの、大きいの、小さいの、太ったの、痩せたの、内気そうな娘、お転婆そうな娘——

そして、それを取り巻く公子たちも、こちらは衣裳はそれほどに意匠をこらすほどもヴァリエーションがなかったから、基本的には、しゅすのチュニックを着てその上からふわりと長めの上着を羽織り、サッシュベルトでチュニックの胴をしめつけ、肩にとめがねでつけたマントをなびかせて、細身のズボンに長靴をはいている、というういでたちで、腰に小さな化粧刀を吊していた。左右のとめがねのあいだにレースのえりをつけるのが昨今のクリスタルの流行なので、それを早速取り入れているものもいたし、ちょっと思い切って、マントをキタイふうのしゅすで仕立てたものだの、ちょっと暑苦しいが格式高いびろうどのものとか——胴着をつけていると古風に見える、というので、昨今は、チュニックの上にはじかに上着をかけるほうが粋とされている。

だが、なかには、父親の衣裳をでも借りてきたのか、ふわりとしたチュニックではなく、昔ふうのきっちりと襟のつまったブラウスに、錦織の胴着をつけ、その上から胴帯をつけ、そして地紋のある上着をつけている、という、非常に古めかしい、二十年くらい前にすたれたような——かれらの父親の世代にはもっとも流行のファッションとされていたような格好をしているものもいて、いささか哀れをさそった。

それは、娘たちのなかにも、いったいどこの田舎からきたかというような、いまどきちょっと探してもないような何重にも重なったはなびら型のびろうどのスカートに、胴の部分もからだにぴったりとひもでしめつける昔ふうのビスチェ、御丁寧に髪の毛はレースのふちかざりつきの帽子で編み上げたまげを包み込んでいる、という、五十年前くらいの装いをしている娘がいたのと同様である。地方によってはなかなかに保守的で、いまどきクリスタルで流行している服装は男女ともに、からだの線を自由に見せすぎる、ふわふわとして軽佻浮薄である、と考える親もまだたくさんいた、ということだろう。

そういう古風な格好をしている娘のなかには、それを恥ずかしがっておもてをふせてばかりいる娘もいたし、公子のなかには自分の格好が変だということも気づかないようすのものもいたが、少なくともナリスにとっては、逆に、地方から出てきたのに最新流行の格好を懸命に真似しようとしているものたちよりはずっと好感がもてた。

ナリスの立場は、いわば、こうした若手貴族、貴婦人たちの偶像でありファッションリーダーといった立場でもある。このような舞踏会に出てきた若者たちは、ナリスやフェリシアや、リンダはまだ若すぎるにせよほかのたくさんの有名な貴婦人、貴公子たちの装いを見てはそれをしっかり覚えて帰り、それから「もう胴着は時代遅れなんだよ——それにこんな野暮ったいブラウスじゃあなくて、ふわっとしたチュニックでないと、恥ずかしくって宮廷のなかなんか、歩けやしないよ！」「いまはクリスタルではみんなもうびろうどのスカートは重たすぎると考えているのよ。クムの絹を手にいれて、なんとかしてあのデビ・フェリシアのようなふわっとしていて、それでいてしなやかなシルエットを手にいれたいの！」などという会話が地方の衣裳屋相手にかわされ、クリスタル帰りの姫君や公子は得々として「クリスタルの最新流行」の服装を見せびらかし、その領主の館で開かれる舞踏会では彼女たちがナリスやフェリシアのような主役となって、そして郷士や準騎士たちの子女のあこがれの的となるのだ。

そうしたからくりを、熟知しているとナリスは思っていたが、それに対して、どうして、以前は感じなかったような仄かな苛立ちやもどかしさや憐れみのようなものさえ、おのれの中に昨今芽生えてきつつあるのか、それはよくわからなかった。ただ、ひたすら、かれは、自分の一挙手一投足から「洗練の秘密」をぬすもうとする熱烈な視線や、そこまでもゆかぬただひたすら憧れに満ちた視線、うっとりと見つめる目を、（まるで、さっきのブタの丸焼きになったみたいな気分だな！）とひそかに考えつつ、自分でもよくわけのわからない、ほんの一年前にはじめて出たこの《地方貴族懇親舞踏会》の席では感じることもなかったもどかしさや苛立ちを感じていたのであった。一年前に出たときには、そうして憧れの目、崇拝の目、物欲しげな目で見られることが、面白くもあったし、ばかばかしくもあったし、とにかく、これほどもどかしさや苛立ちなど感じることはなかったはずだったのだ。

「お待たせ申し上げました」

小姓が帰ってきてかるく頭をさげた。

「あちらの緑の服の姫は、カラヴィアの地方官アウス準男爵の姫君で、十八歳のクリスティアさまとおっしゃる姫だそうでございます。なぜ、踊られないかを伺ったところ、『この娘に恥をかかせないで下さい。どちらの貴公子のおつきのかたですか。この娘は踊らないんではありません、踊れないんです』という、おそばについている母君からのお答えでございました」

「踊らないんではなくて、踊れない——？」

ナリスは首をかしげた。音楽はむなしくにぎやかな調べをかなで続け、すでに、フェリシアと踊ってから、ナリスが誰も踊らないままに二曲が終わっている。姫たちは、不満そうにざわめきはじめ、（ナリスさまは、どうなさったのかしら——）（もう、踊られないおつもりかしら。フェリシアさまと踊られたから、もう私たちとは踊って下さらないのかしら？）というひそやかなささやきが起こっている。

それに気が付いて、ナリスは、不承不承、また、適当にそのへんの令嬢を誘って、二、三曲踊った。だが、それはまったくの時間つぶしのように思われたので、それを終わると、ナリスは、丁重に相手役を椅子まで送りこみ、それから、何食わぬ顔をしてカーテンのうしろのほうへと歩き出した。そちらは、カーテンがひいてあるだけではなくて、踊る気のない老人たちや、老婦人たちがかるく菓子などをつまみながら、若いものたちのダンスのあいだ、のんびりと世間話をしたり、大人しい娘や老親の世話をしている感心な娘などだけがそのかたわらについている、控えの一室である。

ナリスがそちらに歩いてゆくとざわめきがおこったが、ナリスはかまわなかった。

「失礼」

ナリスがカーテンのあいだに入ってゆくと、そこは薄暗くしてあって、ゆったりと椅子が並べられ、あいだのテーブルにいろいろな食べ物や飲み物が並んでいて、ひっそりと小姓たちが給仕していた。老婦人たちがざわめいたが、ナリスはそれに軽く鷹揚に会釈して、目当ての《緑色の服の姫君》のほうへ歩み寄っていった。

正直いうと、その無造作にしぼりあげられた重たいびろうどの仕切のカーテンのなかに入っていったとたんに、その令嬢のようすが目に入って、それで、かなり、後悔していたものはあったのだ。

（詰まらない賭けをするのではなかったかな……）

令嬢は、決してそれほど美人というわけではなかった。

いや、そんなに変な顔をしているというわけでもなかったが、とにかく地味で、目立たない容姿で、あまりに目立たないのでかえってこれだけきらびやかな令嬢たちのなかでいちだんと目立つ、というような皮肉な効果をもたらすくらい、全体として、この華やかな舞踏会のなかで、ひどく場違いに見えた。ほっそりとしている、というよりは、明らかに痩せすぎで骨ばっており、そのからだつきは、びろうどの古風な濃い緑色のドレスでもゆたかに女らしく見せることは出来なかった。

（フェリシアときたら、彼女の倍はあるんだろうな）

皮肉に、ナリスは考えた。

ドレス自体も、母親のお下がり然としていたが、とにかく、なるほど確かにこのカーテンのこちら側にひっそりとしていたがるのも無理はない、と思えるような、ぱっとしない令嬢に見えた。おどおどした小さな顔は、痩せてまったくよぶんな肉がついていないので、ぎすぎすして見え、目は大きかったがひどくおどおどして、世の中のことすべてをおそれ、怯えている小動物のように見えた。そうして、なんだかひどく悲しげであった——彼女の主たる特徴は、その《悲しげ》なようすであった。大きな瞳は、たちまちわっと泣きじゃくりそうにも、みるみる涙にうるみそうにも見えたし、おどおどしたようすはすぐにも恐怖にすくみあがってしまいそうだった。彼女は、自信、というものを母親の胎内に置き忘れてきてしまったかのように見えた。

また、確かに、このけんをきそっている大輪の花々たちのあいだでは、彼女が自信をもつ根拠になりうるようなものは、何ひとつなかったのだろう。彼女はひどく小柄で、そして、あかぬけなかった。もともと地方からきている娘たち、公子たちばかりのこの場でさえ、はっきりとばかにされてもしかたがないくらい、あかぬけなかった。髪型も、たぶんかたわらにいる母親が丁寧に仕上げてやったのだろうけれども、どうしてこうあかぬけないのだろうと不思議に思うくらい、昔ふうで、重たげなまげをくっつけ、何よりも、彼女の折れそうな細い首や、華奢すぎる目鼻立ちに全然あっていなかった。

（いっそのこと、もっとずっと、やわらかな生地の、緑が好きならもっとずっと明るい緑の絹かシフォンの服を着て、髪の毛だって、いっそおろしてしまうか、さもなければ、頭の上でリボンでたばねて、巻毛を横にふたつくらい垂らすか——そうしたらずいぶん見栄えがよくなるだろうに。でも、母親からしてそれだったらしかたないんだろうな）

明らかに彼女のかたわらにつきそって、硬直しているのは彼女の母親であるようだった。それはまた、でっぷりとしたいかにも田舎者らしい赤ら顔の年増女で、巨大な胸と腹をえんじ色のびろうどのこれまたえらく古風な服で包んでおり、髪の毛はまげにゆってそれを白いレースの《まげ袋》でつつみこんでリボンでしばる、という、二十年前でさえ古めかしいと云われただろうような髪型にしていた。もっとも六十年前には、この髪型は「とても新しくて可愛らしい」と思われていたものである！

母親は彼女とまったく似ていなかった。髪の色はまあ、白髪まじりになってきたからかもしれないが、顔つきも、体形も、雰囲気も、何から何まで何ひとつそのおどおどした小動物のような少女に似ていなかった。父親似なんだろうか、とナリスは考えたが、それからぐいと首をふって、やわらかな得意の微笑を浮かべて話しかけた。

「ご機嫌よう、ええと、確か……」

「こ、この娘でございますか？」

仰天したように、母親が答えた。彼女は、うろたえたふうにおもてを伏せてしまい、みるみる、血色の悪いその顔に血がのぼってきた。母も娘も、またまわりのものたちも、まるで信じがたいものを見たかのように、間近でみるナリスのすがたに圧倒されているようだ。

「ク、クリスティアと申します。ナ、ナ――ナリス殿下」

「クリスティア嬢ですか。――たいへん、清楚でいらっしゃいますね」

ぬけぬけとナリスは云った。そして、乳のように白いやわらかな手をさしだした。

「踊っていただけませんか」

「な、なっ――」

令嬢よりも、母のほうが、腰を抜かしてしまったようであった。彼女は口をあき、思ってもいなかった天災がふりかかったように、ナリスを見つめた。令嬢のほうは、こんどは真っ青になっておもてをふせてしまい、見る見るわっと泣き出しそうなようすになってしまって、袖で顔を隠してしまった。

「も、も、も――申し訳ございませんが、この娘は、お、踊れないんでございます」

「ダンスをご存知ない、ということ？」

優しくナリスはきいた。そのあいだも、母と娘の視線が――母親のはぶしつけに正面から、娘のはおどおどと袖に隠れながら――茫然とおのれにあてられているのを意識していた。

「大丈夫だよ。それなら、私が教えてあげる。次の曲は一番簡単なステップだから、心配しなくても大丈夫」

「いえ、あの、その──」

母親はおろおろと云った。

「そうではございませんで──あの、その……」

「私……足が悪いんです、ナリス殿下」

クリスティア嬢が、蚊《イライラ》の鳴くような声でいった。ほとんど、フェリシアの囁き声よりももっと低い声で、しかもかすれていて、耳をこらさなくては聞こえないくらいだった。

「え、足が？」

「この娘は、生まれついて、足が曲がっているんでございます」

母親が説明するのを、少女はおもてをふせ、いまにも泣き出したいのをじっとこらえるようにきいていた。

「ですから、踊りなどというものは──膝から下がどういうものか、生まれたときから、内側に曲がってついてしまっているものでございますから……」

「おかあさま、そんな……そんなことまで、殿下の前で……」

またしても、少女は蚊の鳴くような声で抗議をしかけたが、声はかぼそく口のなかに消えてしまった。

ナリスが一種の奇怪な興味にかりたてられたのは、その少女のようすを見たときだった。

（この娘は、自分のことを……きれいでもなければ、誰かの興味をひくはずもないと思っているんだな……）

その、あわれをもよおすほどたよりなげな、おどおどした様子を見下ろして、ナリスは優しげに微笑をつよめてみせた。

「じゃあ、踊らなくてもかまいませんよ。私と一曲、ご一緒にホールを散歩しましょう。どちらからおいでになったんだったかな？　誰とも、踊らないでお国元にお戻りになるのは、つまらないですよ。――とにかく、ゆっくりと私と一緒に揺れているだけでも大丈夫ですから、一緒にいらっしゃい。歩くのは、ご不自由はないの？」

「杖を……杖があれば……でも、そんなこと……おそれ多くて……」

またしてもことばは口のなかにかき消えた。

「杖が必要なのね？」

ナリスはにっこりとしてみせた。

「なら、私の腕につかまっていれば大丈夫ということでしょう。さあ、私があちらのホールに戻らないと、令嬢たちがまた騒ぎ出すから、私は早く次の相手を決めてホールに戻らなくてはいけない。さあ、もう何も心配なさらず、私の手につかまって」

「そんな……」

ほとんど、恐怖にかられたように、娘は叫んだ。叫んだ、といっても、普通の女の子が普通に話す声よりもさえ小さな声しか出せないようだったが。

「私など——とんでもないです、私など——とうてい、ナリス殿下のお相手など……そんなこと、ほかの姫君がたに見られたら私——私……」

「クリスティアさま」

ふいに、暗がりから、声をかけられて、少女よりも、ナリスのほうがびくっとしそうになった。

母親が影になっていて、もうひとりが、その卓についているのが見えなかったのだ。それは、たぶん従者で、一段低い丸椅子にかけていた。ずんぐりした、一途そうな、強情そうなあごの張った顔をした男で、色が黒く、がっちりしていた。そのかたわらに、二本の松葉杖がおいてあるのを、ナリスは見た。

「いってらっしゃいませ。踊られたら、きっとご気分が晴れやかになられます」

「そんな——そんなことをいったって、ダニーム」

仰天したように、クリスティアはかぼそい声で云った。だが、少し、心が動いたらしく、その目がおどおどと、従者と、母親と、そしてナリスとを見比べて動いた。

「さあ、曲が終わってしまう。ゆっくりの曲の次は早い曲と決まっていますから、早くゆかないと」

ナリスはうながした。ダニームと呼ばれた従者が、かさねて云った。

「行っておいでなさいませ。——それに、クリスティアさまがナリス殿下と踊られた、ということが国おもてに届いたら、父上がいたくお喜びなさいますよ」

「そう……かしら……でも、私踊るなんて——とんでもない……私——足が……」

「大丈夫、私が支えていてあげるから」

ナリスはじれったくなって云った。

「ちょっとこの手にすがって立ち上がってご覧なさい」

「ああッ」

悲鳴のような声をあげたのは、ナリスの手が、クリスティアの手にふれたからだった。クリスティアは、まるであついものにでも触ったかのようにあわてて手をふりはなそうとしたが、じれたナリスはそのまま少女の手をつかんでいた。

少女はみるみる火のように赤くなった。

「お許し下さいませ」

クリスティアはかぼそい、いまにも消え入りそうな声でつぶやいた。

「わたくし——わたくしは、とうてい——殿下のお相手などつとまるようなそんな女では……きりょうも、ごらんのとおり悪うございますし、足も……気もききませんし、田舎の……とても田舎のカラヴィアの——ダネインに近い、ルーフンなどという……ほんとに田舎の……わたくし……」

「いいから、いらっしゃい」

ナリスは本当に面倒くさくなりつつあった。いくぶん声を強めると、クリスティアはそれこそ悲鳴をあげそうな感じで飛び上がった。

「何でもいいから、とにかく踊りましょう。話はそれからですよ。さあ、いらっしゃい、クリスティア。クリスタル公アルド・ナリスが、貴女にダンスを申し込んでいるんですよ」

第三話　クリスティア

1

疑いもなく、それは、気の毒なクリスティア嬢にとっては必ずしも夢見心地のロマンスの始まり、などというものとはほど遠かったようだった。

彼女は、立ち上がってみると、確かに母親のいうとおりぎくしゃくとしか動けなかったし、そもそも誰かにとりすがっていなくては体のバランスを保っていることも難しそうだった。それは、もともとの足の不自由のためというよりは、たぶん、一度もそれを矯正すべく医師にかかったことがないためではないかと思われたが。彼女は気の毒なくらいおのれのその不格好な動きを気にしており、それでずっとカーテンのかげにかくれ、座ったままで、きらびやかな令嬢達を見つめていたのだった。

彼女には、うらやむことや劣等感をもつことがいやというほどたくさんあったに違いない――顔かたちも、美しい令嬢たちのあいだでは確かに見劣りしたし、背も低く、やせっぽちだった。その上に、衣裳も髪型も、一目でわかるほど古めかしく、その上にたぶん身分も、この舞踏会に集まっている令嬢たちのなかでは決して高いほうではなかったのだ。

それゆえ、彼女は、いったいなんでこの宴の主役中の主役であるクリスタル公がわざわざカーテンのうしろまでやってきてまで、自分にダンスを申し込んだのか、まったくわからず、嬉しいというよりはむしろ当惑と、そして困惑とにうちふるえているようだった。

彼女はナリスに手をとってホールのまんなかへ強引に連れ出されるときも、ずっとうろたえきったようすをしていたが、ついに引っ張り出されてしまうと、逆に、ナリスが何かの気まぐれをおこして自分を弄ぶか、なぐさみものにからかって遊ぼうと考えたのだろう、と自分を納得させたようで、かえって落ち着いたようすになった。そして、もうそれならばお気のすむようになさって下さい、といいたげなようすで、この上もなく居心地悪そうな顔つきのまま、ナリスが引き回すままに踊りともつかぬ珍妙なステップのようなものを繰り返していた。

そうした彼女の心の動きは、ナリスにとってはすべて《お見通し》だった。それは、なんとなくいたましいような気持をも起こさせたが、同時に、何か奇妙なうしろめたさのようなものをもナリスにかきたてた。あまりにも、自分は何もかも持っており、相手は何も持っていないのだ、ということが、そうして並んで立っているだけで明らかになってしまうので、それに対して、なんとなくうしろめたい気持がさしてくるようだったのだ。それでナリスはいっそう優しくクリスティア嬢に微笑みかけ、そうすると彼女はあわてていっそうぎこちなくなるのだった。

彼女はお世辞にも美しい王子とのダンスを楽しんでいるとはいえなかった——自意識のとりこになり、どうしてよいかわからず、皆にあざけられ憎まれていると感じて惨めな気持になっていることも明らかだった。だが彼女はもうあえてさからおうともせず、というよりもさからう気力もないように、大人しくナリスに引きずり回されていた。

通りすがりに、聞こえよがしに、「あら、変な格好!」とねたましさをはしたなく表現してゆく令嬢もあれば、遠巻きにながめて何かささやきあってはくすくす笑っている、あまり感じのよくない令嬢たちもあった。それも、クリスティアは、もうそういう仕打ちにあうのはすっかり馴れている——というようすで、じっと堪え忍んでいた。

さしものナリスも、一曲終わらぬうちに、彼女が耐えている苦痛が非常なものだ、ということを看過できなくなったので、かれは、最初の曲が終わらぬうちに、

「疲れましたか?」

と優しくたずねた。クリスティアはうろたえたように目をあげたが、目の前にナリスの胸と顔を見出すと、こわいものでも見たかのように大慌てで目を伏せてしまった。

「いえ、あの……わたくし――」

「ちょっと無理をさせてしまったかな。では、この曲が終わったらちょっと外のバルコニーに出て座りましょう――私も少し疲れたから、冷たいものでも飲みながらひと休みしてもいいだろう」

「ええッ」

クリスティアは世にも恐しい秘密をきかされたもののように、飛び上がりそうになったが、とうていナリスのことばに逆らうことなど想像もつかぬようだった。一曲終わると、物静かな拍手が起こるなかで、ナリスはクリスティアの腕をとってバルコニーのほうに導いていった。令嬢たちは信じがたいものを見るようにそれを見送った。じっさい、ナリスが彼女にダンスを申し込むよりもさらに、ナリスが彼女をバルコニーにいざなっていった、ということのほうが信じがたかったのだ。令嬢たちの目からは、アウス準男爵の令嬢、クリスティア嬢が、クリスタル公アルド・ナリス王子の心をとらえるようないったいどのような秘められた魅力をもっているとも、どうしても判定できなかったし、といって納得のゆく理由を別に見つけることもできなかった。たとえもっと不細工な娘でも、父親がきわめて古い由緒ある貴族で、その父をおのれの味方につけておかねばならない、などという理由を想像できたら、少女たちもそれなりに納得しただろう。また、一般的に美しい、という姿かたちではなかったとしても、非常な強烈な個性や、ひと目みてわかる他のものの持っていない特質などが感じられたら、それもそれで納得できただろう。

だが、クリスティア嬢はあまりにも地味で、ちっぽけで、目立たず、その上ぶかっこうだった。令嬢たちは、ナリスがクリスティア嬢と踊ったりかまったりすること自体に、まるで自分たちへのあてつけか嫌がらせのようなものを感じて、ふくれてしまった。それで、人気はベック公ファーンと若い何人かの聖騎士伯や聖騎士侯たちに集まり、令嬢たちはこんどはかれらの目にとまろうといくつかの輪を作ってお目当ての貴公子を取り囲みはじめた。フェリシア夫人とのダンスに続く、クリスティア嬢とのひと幕で、令嬢たちは、だいぶん、クリスタル公への熱をさまされてしまったようであった。

いっぽう、それによし気づいていたとしても、ナリスはまったくそのようなことは気にかけもしなかっただろう。いや、むしろ、（それは結構な幸いだ！）と、唇をゆがめてそっとつぶやいたかも知れぬ。かれは、そうした令嬢たちにもてはやされたい、とも望んでいなかったし、そもそも令嬢たちを重んじてさえもいなかった。

かれは、いたって丁重に小さなクリスティア嬢をバルコニーに案内すると、優しく優雅なパロ一番の貴公子にふさわしいしぐさで椅子をひいてやり、彼女を座らせてやり、小姓に好みの飲み物をとってくるように言いつけ——そしてクリスティア嬢の足の具合を気遣った。つまりは、かれは、まことに申し分のない相手役としてふるまうことに注意を集中していた。疑いもなく、クリスティアはそのような態度で扱われたことなど一回もなく、緊張しっぱなしだった。自分が、そんな扱いにも、このような場にいることにもふさわしくない、とはっきりと考えていることは、彼女のおどおどして不幸そうな顔に巨大なルーン文字で書かれているも同然だった。彼女はバルコニーに出て、大勢の人々からはなれるとようやくちょっとだけ息をついたが、まだまったくくつろいだようすとはほど遠かった。むしろ彼女を緊張させているのは当の、向かい合って座っている相手の存在にほかならなかった。

「ここは、静かでしょう？」

ナリスは優しく云った。

「それに、ここはちょっと張り出しているので、あちらからはまったく見えないのですよ。イリスの間からは。だからよく恋人たちが人目を忍んで、舞踏会のあいまのつかの間の逢瀬をするのに利用している。それで、これと同じようなバルコニーは円形に張り出しているイリスの間のまわりに六つほどありますが、それらはみな《恋人たちの庭》という名で呼ばれているのです」

「は——はあ」

クリスティアは返事をした。そして、どう答えていいかわからぬようすだった。

「貴女に無理矢理にダンスをさせてしまって申し訳なかったかもしれない。だけれど、足のことを気になさることはありません。そんなことを気にかける人はいないでしょう。ダンスの上手なものなど、いくらでもいるが、それがひとの値打ちを決めるわけでもなければ、またこういうところでいかにたくみに踊れたからといって、職業的な踊り手になることもできないし、それによって将来の有望な役人になるようなこともできないですからね。——つまりは、この舞踏会で一番踊りがうまかったところで何のものの役にも立ちはしない、ということですけれども」

「はあ……」

「ここは良い風が来るでしょう? 下が吹き抜けになっているから、とても気持の良い風がくる。——それに、月がここからだととても綺麗に見えて——おお、今夜はまだ出ていないな」

「はあ……」

「小姓は遅いな。みんながいっせいに飲み物を注文してでもいるのかな。——だがもう一度催促にたつまでのこともないでしょう。——この《恋人たちの庭》では、たとえ王族、いや国王その人といえども、一番最初に飲み物なりの注文を出したら、それがくるまでは、手を叩いて再び小姓を呼びつけるということは出来ないんです。なぜかわかりますか」

「い、いえ、あの……」

「ここでは、二人の話が聞こえるほど近くに小姓が待機しているのはきわめて無粋なことだ、とされているからなんですよ。——最初には一緒にくっついてきて、注文をきき、それからそれをとりにいって、せきばらいして届けにくる。——そのあとはまた、小姓は、あるじがイリスの間の戸口のところに顔を出すまでは絶対に、バルコニーの入り口にも近づかないことになっている。それで、この席を占領した恋人たちは、二人だけの話を楽しむことができるのです。——むろん、それ以上のことをちょっと楽しむ大胆な恋人たちもいますけれどもね」

「は、はい……」

「だから、ホールのなかでダンスを楽しんでいるのは、まだまだ、恋愛の初心者なんだ、ということだって出来るかもしれない。クリスタル宮廷の物慣れた貴族や貴婦人たちは、みんな、最初の数曲しかダンスをしない、という話を知っていますか？」

「いえ……あの——」

「おお」

小姓が飲み物を盆にのせて、つつましやかに慣例どおりにせきばらいをしておのれの存在を知らせてから近づいてきたので、ナリスは口をつぐんだ。

「有難う。——さあ、どれかお好きな飲み物をおとりなさい。この赤いのはちょっと酒が強いですよ——そしてこの青いのは私はくせがあってあまり好きじゃない。そうだな、このうす緑のはいかがですか。はちみつ酒を確かこれは、エリスの実と葉をすりつぶしたもので割ったやつですね。ちょっと甘いけれど、さわやかで、それにきょうのあなたのお召し物にぴったりだ。緑の服の令嬢、ですね」

「は、は、はい、何でも……」

「じゃあ、これになさいますか。じゃあ、私にはこれをいただこう」

ナリスは自分のと、彼女のと、二つの杯をとりあげると、かるく手をふって小姓を追い払った。小姓はうやうやしくお辞儀をして盆を掲げたままホールのなかに戻ってゆく。小姓がドアをあけると、にぎやかな音楽が一瞬こちらまで流れ出してきたが、それはなんとなく物寂しかった。

「さあ、これで当分——私がドアをあけるまで、私たちは二人きりだ」

ナリスはかるく笑った。だが、その反応が激烈だったのでちょっとびっくりした。クリスティアは、そのことばをきくなり、飛び上がって逃げ出したいかのようなそぶりを示したのである。ナリスは笑った。

「危ない、飲み物を倒してしまいますよ。——どうしたの、可愛い人、私と二人でこんな薄暗いところにいるのがおいやなんですか？ ホールに戻りたい？ それとも、もっと明るくなるよう、もうひとつ燭台をもってこさせましょうか？ そうではないの？」

「………」

クリスティアはいまにも泣き出しそうにうつむいていた。ナリスは彼女に飲み物をすすめ、自分もゆっくりと、いくぶんいつもよりも強めにしてもらった飲み物をすったが、正直のところ、いささか困惑し、またかなり退屈しはじめていた。

（なんだって、この娘は、こんなに黙りこくっているんだろう？）

かれは、ひそかにおのれの胸のなかでつぶやいた。

（それは、興奮してしゃべりまくられるよりはいいに決まっているけれど——それにしても、なんて喋らない娘《こ》だろう。大人しい——いや、大人しいにも程がある。普通、いくら大人しく育てられている令嬢だって、もうちょっとは何か喋るんじゃないかな……それとも、それほど緊張してしまっているんだろうか——いくらなんでも、いくらとんでもない田舎からやってきたといったところで……）

「いつも、そんなに喋らないの？」

ナリスは、いくぶん苛々してきはじめていたので、それまでよりもちょっとだけ強い口調でいった。クリスティアはびくっと身をふるわせた。

「は、はい、あの……」

「とても、無口なんだね。——いつも、そんなに喋らないの？　それとも、こうして私と一緒にいるのは、退屈？」

「ええッ、と、とんでもありません」

おそろしく狼狽して、クリスティアは叫んだ。叫んでも、例によって、基本的には蚊の鳴くような声でしかなかったのだが、彼女にしてみれば大きな反応だった。

「そんな、そんなおそれおおいこと。――私は……その――殿下が……」

「私が、何だって？」

ナリスはいくぶんきつく叱責するように問いつめた。

「云ってご覧。私が、どうしたんだって？」

「その――あんまり……信じられないことで……おそれおおくて……私の――私のようなものが、殿下とご一緒に……こんな……その――」

「……」

あまりに手放しで畏怖を告げられて、ナリスはちょっと閉口して椅子の背もたれに身をあずけた。

クリスティアは目をうるませながら、かぼそい両手をしっかりと握りしめた。

「なんだか――夢をみているようで……とても本当のこととは……クリスタル公様が――本物の……生きて動いている王子様が――私の――私の前においでになって、私に――

――」

それきり、どうしていいかわからない、感極まってしまった、とでもいうように、クリスティアはまた、口をつぐんでしまった。

（なんてことだ）

ナリスは、ひそかに、閉口し、かつ困惑しながら――それでいて多少の、満足感とも優越感ともつかぬものを覚えながら思っていた。

（崇拝されるのもいいけれども――神様みたいに扱われるのは御免だ！――それとも、そんなのが普通なのかな。あの部屋に満ちていた他の娘たちも、僕と二人だけになったら、この娘のようにおどおどしはじめるのかな？　だとしたらたまらない話だ、実際！）

「――おかしなことを云いますね！」

だが、実際に口にだしたことばは、いたってお手柔らかだった。

「そういうふうに感じるかもしれない、というのはわかるけれど――私だってとりあえずはただの人間なんだし――生身の人間にすぎませんよ、聖王家の王位継承権者であるにしたところでね！　貴女やあの他の令嬢たち、貴公子たちと同じ人間にすぎない。むろん、アムブラの下町をうろうろしているような、貧しい洗濯女や靴直しや、傭兵たちなどとも同じようにね。神は人間というものを同じように作られた――二つの目とひとつの口と二本の手をもち、そして同じように二本の足で歩き――」

言いかけて、ナリスは黙った。

すっかり忘れていたが、そう話しかけた相手のほうは、「皆と同じように二本の足」

で、普通に歩くことは出来なかったのだ、ということを突然思い出したのである。べつだん、足がないというわけではなかったが、踊るのも、普通に歩いたり立ち上がったりするのも不自由だったり、杖か支える人がいなければ歩けない状態であるのはそのとおりだった。

「すみません。ナリスは、気まずそうにあやまった。

「すみません。貴女の足のことを忘れていました。……そのことをからかったりしようと思ったわけではないんですよ」

「いえ、良いんです、私――」

明らかに、むしろナリスのことばにびっくりして、クリスティアは答えた。いくぶんその血色の悪いほほに血の色がさした。

「そんなこと！――とんでもありません。思ってもおりませんでした……それに、そのとおりですから……私、足が不自由なのですから……」

「不自由というほど、不自由なわけじゃない」

ナリスは、ちょっと困惑していたので、いくぶん乱暴な口調で云った。

「さっき踊っていたって、ちっともおかしかなかったですよ！　何か云いたいやつには言わせておきなさい。貴女は充分に素敵ですよ――清楚で、チャーミングだ」

「え」

明らかにまた、こちらのことばのほうに衝撃をうけたように、クリスティアは目を驚愕に大きく見開いた。そしておどおどとナリスを——その、自分よりもずっと美しく、つよく、特別なかがやきに満ちているようにみえるすがたを見上げた。

「そんな……」

「どうして。私は嘘なんかつきませんよ。貴女は、清楚で、可愛らしいし、それにあんな先をあらそって私の関心をひこうとするちゃらちゃらした令嬢たちなんかよりも、ずっとおとなしやかで、つつましやかで、山奥の花のようだ。小さな——小さな白い野生のマリニア」

さしものナリスも、「清楚で、可愛らしい」に「それにずっと美しい」とまでは付け加えることは出来かねた。不細工というわけでもなかったが、クリスティアの容貌には、およそ若い娘らしい華やかなところが欠落していたし、その上に、自分をそうして、ちょっとでも美しく見せようと思う方法も、教えられていないかのように見えた。

「失礼だが、貴女はお母さんにはあまり似ておいでになりませんね？」

クリスティアはびっくりしたように、何も返事をしなかったので、ナリスはいくぶん気まずい沈黙を救うように云った。クリスティアはまたびくっとした。そして細い両手をねじりあわせた。

「あれは……あれは、義理の母なんです。二度目の母で……父の後妻……」

「ああ、そう——それでか」

　納得して、ナリスはいった。

「そうきけばよくわかる。失礼だが、お母様はずいぶんと、体格もいいし、それにお顔だちも全然違うし……」

「母は……亡くなった本当の母の……侍女だったんです」

　かすかな声でクリスティアはつぶやくようにいった。

「父が……母の死後、侍女だった彼女を正妻に……母の生前から、その……妾にしていたようですが、私は知りませんでした……彼女とのあいだに、男の子が生まれて……三人も男の子が生まれたので、父は……とても喜んでいて……」

「ああ、そうなんだ」

　ナリスは、ふいに、はじめて本当の意味での興味を彼女に対してひかれて、かるく身をのりだした。かれの父親もまた、侍女であった女性を妾とし、その女性とのあいだに男の子をもうけて、そちらの男の子を溺愛していたからである。もっとも、ナリスの生母はまだ生きていたし、いっぽうその妾のほうは父アルシス王子の死に殉ずるように死に、そして、ナリスのもとにひきとられてともに育った腹違いの弟、アル・ディーン王子は、すでにクリスタルを出奔して一年近くになろうとしていたのだが。

「それでは、苦労するね、貴女も。——私もね……」

　自分のことを口にしようとして、ナリスはいきなり口をつぐんでしまった。どう云っていいかわからなかったのと、日頃いっさいそういう個人的な話をしないで過ごしていたので、いきなりそうして個人的な事情をひとに話そうとしたとき、どうしたらいいのか、どのていどまで話せばいいのかわからなかったからである。少なくともナリス自身は、すでにそういう入り組んだ生育歴をもっていることにはすっかり納得していたし、それもまた、《青い血》の聖王家の一員である、ということとかたく結びついていたので、あまり——表面的には——気にとめてもいなかったのだが。

だが、クリスティアは、奇妙なほど熱烈な同情の瞳でナリスを見つめていた。彼女がはじめて見せるくらい、積極的な表情だった。ナリスは、クリスティアが、すでにうわさ話か何かわからないが、ナリスの生育史について——生母に見捨てられ、父の愛を妾とその息子とに奪われ、養育係のルナン侯によって育てられ、ともに育った弟もまた昨年、マルガを出てゆき、という——知っていることを悟った。

そのことが、ナリスにかなりむっとする気持と、怒りに近い苛立ちとをもたらした。

(お前などに、何がわかる——！　お前は私のことなど、何ひとつ知らないじゃないか！)

言葉にしたら、それであったかもしれぬ。

ナリスは、いきなり、ほとんど本能のおもむくままに行動した。そのまま、手をのばして、クリスティアのかぼそい手首をつかんでひきよせるなり、手をもちかえてクリスティアのうなじをかかえよせ、その唇にキスしたのだ。

それはむしろ、攻撃といってよいような接吻だった。クリスティアは、一瞬、何をされるかわからず、硬直していた。それから、ふいに、すべての力が抜けてしまったかのようにくたっとなって、ナリスの腕のなかにくずおれた。

（なんて――）

ナリスの感じていたのは、情欲――などというものとはむしろもっとほど遠い何かであったかもしれぬ。

だが、荒々しい何かがいつになくナリスを突き上げていた。それはあるいは、生まれてはじめて感じた衝動であったかもしれなかった。

（なんて、簡単に摘み取れるんだろう。――女たちは、いつでもそうだ――女なんていつも、手をのばしさえすれば、熟れきった果実みたいに僕のなかに落ちてくる……）

ナリスは荒々しくクリスティアを突き放した。

「今夜イリスの六点鐘に――」

かれは囁いた。

「私は今夜はこの宮殿に泊まるから。――水晶宮のなかに、私の泊まっている部屋があるから、そこに来て。一人で来るんだよ。――小姓には裏口で待っているようにいっておくから、そうだな――水晶宮の東門に小姓を待たせておくから。その小姓について、私の部屋へおいで」

「あ——あ……」

クリスティアは、まるで射抜かれたようにあえいでいた。

それを、見下ろしもせず、ナリスはすいと立ち上がった。

「いいね。今夜イリスの六点鐘、水晶宮の東の裏門だよ。来なかったら——クリスタル公アルド・ナリス王子をすっぽかしたりしたら酷いよ。じゃあ、あとでね。必ずだよ。待っているからね。可愛い——可愛いひと」

2

どこかで、夜鳴き鳥が啼いている。

おそらく、カリナエの庭園か、ロザリア庭園か——広大なクリスタル・パレスのなかにいくつも美しく整備されたたたずまいをみせている大きな庭園のどれかに巣を作っているのだろう——そう、ナリスは奇妙にしらじらと冴えた頭で思った。

（私は……何をしてしまったのだろう）

さっきから、ぬぐいきれぬ不安のようなものがおりにふれて突き上げてくるのをおいかくそうとするつもりで、何回となく新しい蜂蜜酒を銀杯に注いでは、ちょっとだけ、北方の山で天然に涌いている発泡性の鉱泉水でうすめ、いつものかれにしてはずいぶんな速さで飲み干しているのだが、それでも奇妙ないらだちとともどかしさと、そして不安はいっこうに消えない。

（私は何を——）

しんとクリスタル・パレスは寝静まり、そして、たぶんそのそこかしこで、目ざめてひそやかに愛をささやきかわしている恋人たちも大勢いるのだろう。舞踏会の夜にはたくさんの新しい恋人たちが生まれる。

（フェリシア――）

突然に、ナリスは強く、（フェリシアに会いたい）と思った。

（だが――会ったらまたきっと私は……強がってしまうだろうし……肩肘をはって、肩を怒らせて――そしてフェリシアはゆとりのあるところを見せようとして、私をからかうだろうし……）

ふいに一夜にして――いや、まだ一夜もあけやらぬうちに、十歳もいちどきに年を取った、とでもいうかのように、いろいろなことが、ひどくくっきりと、まざまざと見えてきてしまった――と、ナリスは思っていた。

宮殿の室にはどれにも優美なバルコニーがついている。ナリスは、まるで室内にとどまることをおそれたかのように――事実そうには違いなかったが――バルコニーに出て、ようやく冷たくなってきた夜風に身をさらしながら、バルコニーの白いほっそりした椅子に身をあずけ、テーブルの上におきはなした酒の入った美しい水差しから、しきりと酒を注いでは飲んでいるのだ。だが、それはなかなか希望するような酔いをもたらしてはくれない。

（私は、いったい、何ということを――）

べつだん、したことそのものを後悔している、というわけでもなかった。

そんなのは、パロの貴族なら、誰だってよくあることだ――とナリスは思う。ふとした気まぐれで、誰かと一夜をともにする。――その相手もそれがこのさき、永続する恋愛関係や、情事の関係に発展するとさえ、べつだん期待しない。もちろん、相互になかなかよいと思えば、そうなったところでいっこうにかまわない。

クムほどではないが、パロの都も、頽廃、という点にかけては人後におちない。ことにクリスタル・パレスの内部とあってはだ。パロの貴族たち、貴婦人たちにとっては、《貞淑》とか《真面目》というのは決して褒め言葉にはならない。

といって、クムのように、ちゃんと婚礼をあげた夫や妻のほかに情人が二、三人――それも同性のと異性のと両方――いなければ「誰にもかえりみられない」もてないやつ、と見なされてしまう、というほどまでに頽廃しているわけでもない。クリスタルでは、ひとつの愛だけを守り通そうと思えば、それは愛の冒険の機会に目をむけない、「変わった人」とうわさでひそひそいわれるくらいのことで、それはそれで充分に好きなようにすることを認めてはもらえる。

そして、デビ・フェリシアはそのようなパロ宮廷のなかで戦い抜いてつねに女英雄として君臨してきた女王であり、サリアの女神の化身として、みだらなうわさに包まれれば包まれるほどに、それは彼女の玉座に栄光をよけいに付け加えることになってきたのであった。兄弟の二人の王子に奪いあわれたとか、その兄弟の、さらに息子とまでも恋愛関係に陥ったとか。

(私は……自分で思っているほど、遊び人にはなれそうもないな……それとも、フェリシアが期待しているほどには)

ナリスはほっ、と思わず重たい吐息をもらした。

肩越しに室内をふりかえりたい衝動をじっとこらえる。あかりを薄暗くした室内で、ベッドの上では、はじめての情事にすっかり正気を失った地方貴族の足の悪い令嬢が、なかば失神するように眠りについているはずだ。

(なんで、私は——こんなに寝覚めが悪いと感じているのだろうな……)

フェリシアの前では、ひどく虚勢を張っていることだけは、認めざるを得ないだろうと、ナリスはひそかに考えていた。少なくとも、自分に対してまで、嘘をついたところではじまらない、と思う。

(私は……)

本当は、フェリシアにいったように、フェリシアが教えてくれた大人の男性としての技巧を、他の宮女たち——ましていわんや宮廷の男性たちになど、試してみたりしたことは一度もない。十六歳のときにフェリシアの手ほどきをうけ、それから三年、ナリスにとっては、女性というものはつまるところフェリシアしか存在してはいなかったのだ。

（それに、私は――どうも、ルブリウスの性向というのは滑稽なくらい欠落しているようだし……）

美少年のかれに言い寄ってきたり、恋文を寄越してくる貴族や騎士たちはいくらでもいる。女性としては、宮廷一の美女であるデビ・フェリシアが「定まった相手」としてもうついているのだから、では、男相手の恋愛ならばまだ席があいているかもしれないではないか、とかれらは考えるのかもしれない。それも、パロではべつだん――これまた、クムほどではないにせよ、という但し書きがつくにせよだ――珍しいことでもない。地方ではやや白眼視されるかもしれないが、宮廷では、誰か男どうし、女どうしが恋に落ちていたり、淫らな関係にあるときいても、べつだん誰もそんなに驚いて腰を抜かしたりはしない。そもそも、かの伝説の宰相アレクサンドロスからして、一生めとらなかったのは、アルカンドロス大王の王女に許されぬ恋をしていたから、という伝説があると同時に、「女性よりも男性が好きだったから」という、身もフタもない単純明快な伝説もあるくらいなのだ。

だから、ナリス自身もべつだん、男性と恋をするなどあるまじきことだ、とも考えていなかったが、ただ、美しい女性に対しても動かない心は、男性に対してはさらに動く理由もない、というだけの話だった。といって、フェリシアに対して、それほど貞節を誓うまでに熱烈な恋に落ちている、ともどうしてもかれには思えない。

（恋というには——この思いは、あまりに淡すぎ、おだやかすぎて——うわさにきく恋というものは、もっともっと激烈な——そのひとの名をきくだけで胸がはずみ、心臓がどきどきとしはじめ、頬があからみ——その想い人の姿を一目でも見かけようものなら、たちまち心はうろたえさわぎ——そういうものだと聞いているが……）

何回よくよく考えてみても、おのれは、フェリシア夫人にたいして、そういうときめきや動悸など、ひとたびも覚えてはいない、とナリスは確認せずにいられなかった。

（とても、好きだとは思う——いろいろな意味で、尊敬もしているし、好ましいとも、慕わしいとも思う……女性としても一番好きな感じの人だと思うし——もっと若くて、結婚できるような立場にあったらむろん求婚していただろうし……だが、それがでは、《情熱》なのか、といったら、それは……）

自分には、女性——に限らないが、恋愛に対して情熱、というものを感じる能力が欠落しているのだろうか、と思う。その思いがちょっと、不安をかきたてる。

（私は……もともと、あまり、情熱的であるということを格好のいいことだと思わないようなたちだったからな……）

むしろ、逆だ。

情熱的なことを見透かされたり、心が揺れ動いていることを知られるのを恥だ、と思い、つねに冷静で冷徹であるのがもっとも格好がいい、と信じてきたところがある。

（そのせいで私の情熱は――というか、情欲もか――生まれる前に、圧し殺されてしまった、ということなのかな……だとしたら、それは淋しい話かもしれない、とも思わないでもないが……）

（私は……）

また、こんどは夜鳴きフクロウ《プローニィ》が啼く。

ふっと、だが、フクロウの声が途絶えた。

（暗い夜だな。雲が出ている――雨でもきそうだな。珍しい）

最初は、自分が、フェリシア夫人の教えてくれたどおりにふるまって、男性として《うまくやれた》だろうか、ということに不安で、そのことしか考えていなかった。

ようやく少し落ち着き、酒も多少はまわってきたいまとなってみると、むしろ、（もしかして、面倒くさいことに手を染めてしまっただろうか？）（何か、誤解されるようなことをしてしまったのだろうか？）という、かなり自分でも卑怯だ、と思う心持がはじまっている。クリスティアはおどおどしながら約束の時間に約束どおりにやって来、そしてふるえながら身をあずけ、そして涙を浮かべながらナリスの腕に抱かれた。ナリスにとっては、フェリシア以外、はじめての女性でもあった。だが、クリスティアがナリス以上に何も知らなかったことは明らかだ。そうでなかったら、見栄っぱりのナリスのことだ。何があろうとも、そのような羽目になる危険はおかさなかっただろう。口さがない宮廷の令嬢たち、侍女たちなどだったら、（あのかたは、本当は、夜の床ではこうなのよ……）などと、たちまちにその日のうちに房事のすべてのあんばいが知れ渡ってしまいかねない。

フェリシアだけが、そういうことをするおそれの絶対にない女性として、ナリスの信頼できる相手だった。だが、あの舞踏会にむらがっていた地方貴族の令嬢たちのなかで、よりにもよってなぜフェリシアがクリスティアを賭けの――ゲームの道具に指名したのか、そして、そのような賭けや遊びごとをもっともひそかにおそれていたはずの自分がどうしてそれを承諾したのか、それもまた、ナリスにはよくわかっている。

（彼女だからだ。――クリスティアだからだ……）

クリスティアが、あまりにも、何も知らぬように見えたから――いや、事実、知らなかったのだ。イリスの間のバルコニーで、ナリスが気まぐれにぬすんだくちづけが、生まれてはじめてのものだった、とクリスティアは涙をうかべてかすれ声で告白したのだった。（私は……私は何にも知りません。きっと……殿下のお気に召さないと思います……）と。

純情な処女を食い散らかすことを罪深い楽しみに数えるほどには、ナリスもすれっからしにはなっていない。フェリシアがクリスティアを（今夜のうちに落としてみせよ）とナリスをそそのかしたのは、たぶん、あの広間を埋め尽くしていた令嬢たちのなかで、クリスティアがもっともおどおどして、もっとも初心で、どこからどうみても処女——それもくちづけひとつ知らぬ処女であることがあまりにも明らかだったからだ、ということは、ナリスにもわかっていた。クリスティアなら、まかりまちがってもフェリシアの競争相手になることはありえないだろう。

それがわかっているから、（ただものにするだけではなく、熱烈な恋に陥らせて——そして『あなたのためなら、死んでもかまいません』と言わせてごらんなさい）と、フェリシアはナリスを挑発したのだった。

それは、ただその処女を物珍しさ半分で奪う、というよりもいっそう罪深い賭けであり、ゲームであったかもしれぬ。だが、ナリスは、フェリシアがクリスティアを選んだそのひそかな打算そのものに反発した。

（ひょっとしたら、そういう美人でもなければ、世慣れてもいない処女だけが、僕の気持を動かすことができるかもしれない、という可能性は、考えてもみないのだな、貴女は……）

自分の心が、クリスティアを抱いて動いたのかどうか、さっきからずっとナリスは考えている。そして、いまのところは、（動いていないようだ……）と返答せざるを得ない自分を発見していた。いとしい、と思う気持——男ならば、自分に従順に抱かれた女に対してもつかもしれない気持がちゃんとおきているのかどうかもわからない。それよりも、いまのかれを占めているのは、居心地悪いうしろめたさだの、とまどいだの――おそれだの、当惑だの、そして不安だの――およそ、男らしいとは言えなさそうな、どちらかといえば卑劣な感情ばかりのように思われるのだ。

（私は……）

最前から、ナリスがずっと、なんとなく悶々としながら酒杯をかさねている、最大の理由は、そのあたりにあるようであった。

（私には……なんだか、やっぱり……こういう恋の冒険なんていうものは向いていないのかもしれないな……）

ナリスは、にがい自嘲をこめて思った。

（どちらにしても――私には似合わない。私はもっと……一生、もう、象牙の塔にひきこもって、本と思索を相手にして過ごしていってしまったほうが向いているのじゃないだろうか……）

本当をいうと、自分のなかにどんなに怯えた不安な少年が住んでいるか――いつも虚勢をはり、つねに一切の欠陥など持ち合わせていないかのように自分自身をととのえて、最高の状態でだけ、つねにすべてにおいて「最高」の存在として姿を見せていることに執着すればするほど、そのなかで、自分のなかの幼い少年がどんなに不安にみちておののいているか、もっともよく知っているのはナリスである。

かれはあまりにも自分自身を高くかっていたので、つねにどんな剣術大会でも優勝者であり、馬術大会でも、何をやらせても最高にたくみな勝者で「ないわけにはゆかなかった」。ちょっとでも、弱味をみせることは、かれにとっては破滅することと同義語であり、それは、恋愛においても、愛の冒険においてもそうだったのだが――

(おかしなことだ。――その私が、自分の心ひとつ、自分の思い通りに動かせない、といって、こうしてひそかに鬱々としているなんて……)

ナリスは、ゆっくりと杯をおいて立ち上がった。

ぱらぱらと、梢をうつ雨音がきこえはじめてきた。クリスタルには珍しい夜半の雨が、どうやら本当に降り始めたようだ。もう、宮殿は寝静まっている。水晶板の雨よけの屋根をとりだしてきて備えつける時間もないし、いまはもう、起きているものもほとんどいないだろう。

だが、ナリスの目はすっかり冴えてしまっていた。夜鳴き鳥たちももう啼かない。

(なんだか……気が重い。どうしてだろう……)

クリスティアの処女を奪ったことを、戦果として得々と数えたてるほどにすれっからしではないが、といって、そうしたことに罪悪感を覚えておろおろするような小心者というわけでもない。幼い子供ではあるまいし、もうちゃんと成人しているんだから、恋愛も自分の責任ごとだろう、とは思うので、クリスティアに対して責任を感じる、というようなこともない。

また、むろん、フェリシアに対して罪の意識など、感じるはずもなかった。このゲーム、この罪な賭けをけしかけたのはフェリシア当人だ。第一フェリシア自身も他の男たちと派手に遊んでいるのだとナリスは知っているし、また、フェリシアとの間柄も、「数多くの情人のひとり」というだけで、結婚しているわけでもなんでもない。貞節を守る理由もないのだ。

(第一……結婚していたって……父上はディーンの母親を愛したし——みんな、適当によろしくやっている——身分違いの恋愛をして、家を出ていってしまった父上など、考えてみたら、とても誠実だったのかもしれないな。——みんな、政略結婚をしたのちに、適当にお互い愛人をいくらでも作って遊べばいいじゃないかと考えている……)

(そのおかげで——割を食うのはいつだってひたすら、子供達、というわけだな。……かれらは、いつだって子供達のことなど、考えもしないんだ。……子供なんて、誰かが育ててくれるし——じいやでもばあやでも、女中達でも——いや、それどころか、子供なんて、勝手に一人で育つものだと思い込んでいる……)

ナリスはちょっと、くちびるをかみしめた。それは、かれにとっては、最大の弱点——というか、最大の怒りや苦しみを誘発し、幼かったころの最大の苦悩をまざまざとよみがえらせるものであった。

(母上は一応貞節を守り——守りすぎてゼアの神殿に入っておしまいになったけれど……いっそ、母上も、父上も、あたりまえのパロの貴族たちみたいにいい加減で淫らであったらなにごとも起きなかったはずだ。父上は母上をおいて侍女との家庭で幸せになろうなどとは考えなかっただろうし……母上だって、いつかは、政略結婚であっても父上に対して気持を開いたかもしれない……そうしたら——そうしたら私のことだって、望まれて生まれたのじゃない子、などと罵ることはなかったかもしれないし……いや、よそう。私は、何を下らぬむなしいことを考えているんだろう)

ナリスはようやくかなりはっきりと雨が降り出したバルコニーから室内に入り、うしろ手にそっと扉をしめ、カーテンをしめた。

室内は薄暗い常夜灯のあかりだけにもやっとけむるように照らし出されており、そして、ベッドの上には、はじめての恋の冒険に乗り出したばかりの少女が胸のところまで白い掛け布を引きあげて眠っていた。寝顔でも、彼女は決して美しくは見えなかったが、すこやかで、そうしていると、年相応に無邪気で愛らしくは見えた。

(お前は——いったい、誰なんだ?)

かなり、意地の悪い気持になって、ナリスは胸のうちでつぶやいた。そして、酒の瓶は外に置いてきてしまったので、サイドテーブルの上に置いてあった水さしから、水を杯についで飲んだ。なんだかひどくのどがかわいて、ひりつくような気持であった。

(お前なんか知らない。僕は——お前のことなんか何ひとつ知りはしないし——お前だって僕のことなど、何ひとつ知らないでからだをあずけたんだ。……いっそ、お互いに名前も身分も、顔さえも、何ひとつ知らないままだったら——それはそれで、何かのつながりが生まれる余地だってあったかもしれないけれど……)

(お前だって、結局は——僕がクリスタル公だから、第四王位継承権者だから、聖王家の王子だから——初めて会ったその夜のうちに僕にからだをまかせる気になっただけじゃないか——女など、結局そうなんだ。いつも、女たちは……結局、みんな、うわべなんだ。うわべしか見てやしないんだ)

そのようなことを考えて、ナリスが、ひどく冷たい、皮肉な気持になっていた折も折。

まるで、狙いすましたように、クリスティアは目を開いた。

「お義母様——? ダニーム……どこ——ここ——あ!」

まるで物語の中の間抜けな少女みたいに、とナリスはひそかに酷いことを考えたが、クリスティアは、寝ぼけたように目をひらき、あたりを見回し——それが見慣れぬ景色だということに気づき、それからナリスを見——

こんどは、蒼白になって飛び起きようとし、それから、自分がほとんど半裸であることに気づいて、ようやくおのれがどうしたのか、ということをすべて思い出したように、真っ赤になった。

「ああ……」

それから、ふいに、深い吐息がクリスティアの唇をもれた。

「こんな――こんなことって……」

「……」

ナリスは、かるくくちびるをかんだ。

自分がどうふるまえばいいのか――（お目覚めですか、可愛いかた？）と優しくささやいて、ベッドに自分も腰をおろし、先ほど、吟遊詩人の言い方をかりれば《結ばれた》ばかりの相手の額にそっとくちづけしてやればいいのか、それとも、おのれのなかのわけのわからぬ、得体のしれぬ戸惑いとむしろ怒りに似たものにまかせて、残酷にふるまってしまえばいいのか――わけのわからぬものがおのれのなかにつきあげてきて、さまざまにせめぎあっていることに、むしろ当惑していたのは、ナリスのほうであった。

だが、そんなことは初めての夜を迎えた少女には理解されようすべもない。

「私――私……」

クリスティアは、どうしていいかわからぬように、胸のところまで引き揚げた掛け布を手でおさえたまま、途方にくれたうめきのような声をもらした。

「私……こんな……」

ナリスは、なおも、優しいことばをかける気持になれなかった。

それどころか、妙に残酷な、小動物を弄ぶ巨大で圧倒的な力をもった大蛇か、猛獣にでもなったような心持のほうが、だんだんつのってゆくばかりで——

ナリスは、おもてに置いてきてしまった酒をとってくればよかった、と思いながら、また、銀杯の水をぐいと飲んだ。

「ナリス……さま——」

クリスティアは、うすあかりのなかに浮かぶそのナリスの美しい顔を、世にも信じがたいものを見たように、見上げていた。いくら見ても見飽きぬようであった。

「どうしたの?」

ナリスはいくぶん皮肉な心持になった。

「私の顔がそんなに珍しい?」

「い、いえ——あの——」

少女はまたしてもうろたえて真っ赤になった。

「ああ……こんなことって——本当に起こるものなのでしょうか……」

「何が? おかしなことをいう」

「だってこの——数ならぬこの私などが——クリスタル公さまの……聖王家の王子さまの——アルド・ナリスさまの……こんなことって本当に起こるのでしょうか——御一緒にお話していることさえ、信じられませんでしたのに——本当に、生きて動いていられる、聖王家の王子さまを、目のあたりにしていることさえ——雲の上のおかただと思っていましたのに——」

「……………」

今度は——

クリスティアのほうが、むしろ饒舌になっていた。たどたどしい、とつとつとした饒舌ではあったのだが。

「こんなことって——本当に起こるんですのね……誰も信じてはくれないでしょう。……ああ、本当に誰も信じてくれない……」

(冗談じゃない——宮廷の誰かれに話してまわるつもりなのか、この娘?)

ナリスは、ちょっと不安になった。

そのとき、クリスティアは胸を両手でおさえたまま、溜息のようにつぶやいたのだった。

「ああ、もう——私、死んでもいい。……私、ナリスさまのためなら……私なんか、もういつ死んだってかまいません。こんな夢のようなこと……」

ナリスは、いくぶんむしろ困惑した幼い子供のような表情で、クリスティアという名前のこの見知らぬ少女を見つめた。かれは、賭けに、勝ったのだ。

3

「お帰りなさいませ」

カリナエの小宮殿は、しずかであった。

小宮殿といったところで、そこは、それこそちょっとした貴族の館なら三つも入ってしまいそうなくらい、豪華で大規模なものだ。だが、あるじ——この場合は、ナリスよりむしろ先代のあるじであった、故アルシス王子の好みで、大仰ではなく、古風で典雅で、しかもすっきりとした、きわめてあかぬけたこしらえにしてあるので、ごたついた印象はまったくしない。使用人の数も、かれの立場からしては少なすぎるとあなどられる直前まで、ぎりぎりまで少なくしてあって、だが一切あるじに不自由はさせぬようにとことん鍛えられ、しつけられている。それが、カリナエの誇りであるのだ。

ナリスは、不機嫌であった。

というよりも、なんとなく、当惑している、といったほうがよかったかもしれない。

朝帰り、といったところで、とがめるものは誰もいない。ナリスの守役である聖騎士侯ルナンは、カリナエのなかにも生活する部屋も寝室も持っているし、自分の身の回り品などもおいているが、それとは別に聖騎士宮のなかに聖騎士侯の公邸もちゃんと持っている。また、それと別に東区に気楽な下屋敷をも持っていて、そちらもむろんナリスの部屋ももうけられているが、カリナエをおのれの公式のすみかとしてからは、もうナリスは長いことそちらには足をむけたことがない。そして、ルナンはまめにカリナエにやってきてはナリスと食事をともにしたりしたが、マルガにいるときほど一緒にはいられなくなっていたし、それに、また最近は、毎年恒例のクリスタル武術大会が迫っているから、訓練だのなんだので忙しいらしく、いくぶん足が遠のいている。

もうべつだんそれを淋しいと思うような年齢でもなかったし、弟のディーンが出奔してしまったのちには、一人で生活することにも、すっかり馴れていた。それに、ナリス自身も、非常に多忙な時間をおくっている。一人でいることに退屈したり、淋しいと思っている時間もあまりありはしない。

そして、ナリスはまだなんといっても十九歳であった。今日の朝帰りは、前もって、地方貴族懇親晩餐会と舞踏会のために、水晶宮に泊まる、ということがあきらかにされているものであるから公明正大もいいところだったが、もしそうでなく、ナリスがお忍びで出かけて朝帰りしたとしても、誰もとがめるものはいないだろう。執事長のコーネリウスも、その弟で実際にカリナエを取り仕切っている執事頭のダンカンも、家令のガウスでも、あくまでも「家臣」としての立場に徹している。ナリスの判断力にもしかるべき敬意を払っているから、ナリスの素行について差し出口をはさんだりするようなものはいない。

むしろ、（まだ、お若いのですから……）と、もっとナリスが華やかに遊び歩くことを奨励はせぬまでも、決して悪い感情をもってはいないようだ。それで次から次へと相手をとりかえて遊び歩いていたりしたら、それはまた別かもしれないが、ナリスはそういうことをしない、ということももう、皆はこれまでの一年でよくわかっている。

前のあるじであるアルシス王子が死去する前から、王子はずっと別邸をしつらえ、そこに侍女あがりの妾のエリサと、その生んだアル・ディーン王子とごくごく少数の使用人とだけでいわばたてこもってしまっていて、カリナエにはあまり戻ってこなかった。そこは、アルシス王子にとっては、あまり好ましくない記憶ばかりと結びついている場所だったのだ。

それを、あるじのいないあいだにしっかりと守っていたのは家令団のコーネリウスたちだった。それゆえ、クリスタル公に就任した若きアルド・ナリスが、カリナエに戻ってくることを決断したときには、かれらはそれこそ柄にもない歓声をあげて歓喜したのだった。カリナエにあるじが戻ってくる――なんといっても、あるじの不在の宮殿ほど、うらさびしいものはない。たとえ、十九歳の、うら若いあるじでもである。

まだ、ナリスは、一応「一年間は見習い期間のようなもの」とこころえて、これまでにカリナエでは、せいぜい一、二回の小さな個人的な舞踏会と晩餐会と、あとちょっとしたサロンを開いた程度である。だが、二十歳をすぎたら、もっとずっと盛大に、カリナエを使ったさまざまな社交界の催しものが開かれることになるだろう。ナリスもそのつもりだったし、コーネリウスたちにもそのように申し渡していた。それで、家令たち、執事たち、侍女たちはいやが上にもはげみが出来て、楽しそうに毎日カリナエを磨き立てている。花々もみるみる生気を取り戻してきたし、あらたに運び込まれた調度や装飾品もみな趣味がこの上もなくいいので、いっそうカリナエはみごとな宮殿になりつつある。

何から何まで、カリナエの人々には、ナリスは待望の素晴らしいあるじであった。そのナリスが、ちょっとばかり羽目をはずしたからといって、文句がつけられよう筋もない。

「お疲れでございますか？　昨夜の舞踏会はいかがで？」

茶をもって自らあるじをねぎらいにあらわれたガウスは、もう五十すぎの分別ざかりであったが、可愛くてならぬように、ナリスを迎えて目を細めた。

「どうもこうもないよ、ガウス。みんな田舎の姫君、貴公子ばかり！――いったい何曲踊ったのかな、百曲くらい、踊らされたような気さえするよ」

「百曲！　そ、それを、全部違うお相手とでございますか。こりゃ大変だ」

　ガウスは目をむいた。

「お み足をおもみするよう、近習を呼びましょうか」

「いや……」

　かぶりをふりかけて、ナリスは気が変わった。

「そうだな。――きょうは、あとはもう、ちょっとこのあと湯浴みをして……それから、夕方から――うわ、やれやれ、また晩餐会だ」

「おやおや！　今夜は何でございます？」

「有難いことに今夜はもうちょっとこじんまりしているようだけれどね。ブタの丸焼きか……」

「ブタの丸焼きが、どうかなさいましたので？」

「ブタの丸焼きはもうたくさんだな、という話。僕は、嫌いだよ、どうも、ブタの――特に、主テーブルに持ってこられるあのぎたぎた脂ぎったしっぽの焦げたのときたら」

「それでも、あれは名誉のしるしでございますからねえ」

「今日は有難いことに、ジェニュア大司教をお迎えしての晩餐会だそうだから、もうちょっとは清らかな食事が出そうだな。もっともこのごろ坊さんたちも、ずいぶんと肉ばかり食べるようになったみたいで――こないだ、神学のロー導師が憤慨しておられたけれど。導師は今日は来られないようだな」

「それではこのあと、湯浴みをして、それからちょっとお休みになってお着替え、と……」

ガウスはうなづいた。

「では、今日の当番の近習を呼んで、御入浴にうつられる前に、少々おみ足をもませましょう」

「そうだな」

ナリスは云った。それから、ふいに、何か思いついたような顔をした。

「ガウス」

「はい、何でございましょう」

「今日の当番でなくて、いなかったら、いいんだけどね。昨日の当番だったから……きょうは休んでるかもしれないけれど、新入りのレオというのがいたら、呼んできてくれないかな」

「レオ、ああ、あの、ケイロニアの血の入っているそこつ者でございますね。ケイロニアの血のせいなのか、なんですかしょっちゅうものを壊したり、何かをぶつかって倒したりばかりしておりますもので、しょっちゅうダンカンに怒鳴りまくられておりますです」

「ああ、確かにいろいろ倒したりこぼしたりするようだね」

ナリスはくすくす笑った。

「ともかくそのレオを呼んできてよ。話があるとかいうんじゃないけれど、きのうのことでちょっと聞きたいことがあるので」

「かしこまりました。それでは、すぐに」

また、いかにも可愛くてならぬ、というように目を細めて、ガウスが丁寧に礼をして出てゆく。ナリスはガウスがおいていった予定表やけさがた届いた手紙の束に目を通そうかと思ったが、そのまま妙にぐったりした気分になって、それを手に持ったままソファの上に身を投げ出した。居間の扉を遠慮がちに叩く音がする。

「ああ」

「レオでございます。——お呼びでございましたでしょうか、ナリスさま」

「ああ、入って」

ナリスは一通一通、おおむねは愚にも付かない陳情だの、社交辞令だの、そのようなものばかりの手紙を興味なさそうに見ながら、そちらをふりむこうともせずに云った。

ドアがあく音がした。

「ドアをしめて。それから、近くにきて、ちょっと足をもみながら話をきかせてくれるかな？　レオ」

「話――話、と申しますのは、その、わたくしの……？」

「僕のきいたことに答えてくれればそれでいいんだ」

ナリスは、面倒くさそうにいった。レオが、ひざまづいて、はっそりしたナリスのふくらはぎをもみはじめる。そちらを相変わらず見もせずに、手紙をあらためながら、ナリスは無造作にいった。

「令嬢を送っていったのは、お前だったよね？」

「ああ――は、はい……ご報告にあがらなくてはいけませんでしたでしょうか……」

「いや、いいよ。報告にこい、なんて云っていなかっただろう、ただ、送っていってやってくれ、といっただけで」

「はい」

「無事に？」

「はい。誰にも見とがめられることもなく――殿下のおっしゃったとおりの行き方で地下通路から、宿舎の紅晶殿別館にお戻りになることが出来ました」

「あの通路は、よく知っているんだ」

ナリスはつぶやいた。レオは何も聞こえぬかのように手を動かしていた。

「痛い！　もうちょっとそっと」

「あ……し、失礼いたしました」

「そんなに強くもまなくていいから、足首の上のところをかるくもんでいて。それだけで充分だよ。——それで、誰か出てきたの？」

「は……と、おおせられますと……」

「だから」

確かにこれはガウスがいう以上に、相当に気が利かないようだ——と、ナリスはひそかに考えた。

だが、おもてにはそんなけぶりも見せなかった。かれは難しい顔をして、いま見ているマルガの漁業組合からの陳情書にとても興味をひかれているふりをした。

「令嬢の母上は出てきたの？　それとも従者か誰か——令嬢は誰にも見られずに部屋に戻られたようだったかと聞いているんだよ」

「は——はあ……」

ようやく理解した、というようにレオはそのおもてにかすかに血の色をのぼらせた。

「何方も出てこられませんでした。——令嬢は、その……かなり苦心して階段をのぼられ……そのまま、部屋のなかに——こちらを見ないようにして入ってゆかれました。とてもその——とても、うちひしがれておられるように見えました」

「うちひしがれて」

ナリスはちょっとぴくっと眉をふるわせた。

「それは、どういうこと?」

「は——?」

「疲れてぐったりしておられた、ということ? それとも、心配しておどおどしておられた、ということ?」

「いいえ——なんだか……私にはよくわかりませんが……なんだかとてもその——」

「いいよ、思ったとおりにいってみて。気になるから」

「その、——どうしていいかわからないようにお見受けしました。……おどおど——とは、言えるかもしれません。たしかに、ある意味ではおどおどしておられましたが——私にではありませんでしたが。……私のことは、まったくお気にとめられていないようでしたが……ただ、『父上になんていったらいいんだろう』と——『誰も信じてくれないわね。本当のことをいったって誰も信じてくれないわね』とくりかえして——私にというより、ひとりごとのようにおっしゃっておられました」

「誰も信じてくれないわね——って?」

ナリスはちょっと興味をひかれて、レオを見た。レオはいくぶん顔を赤くして目をふせた。ナリスはちょっと残酷な気分になっていたので、そのままじっとレオを見つめた。

レオは目をふせたままくぐもった声で答えた。

「よほど、そのお考えで熱中しておられたのかと思いますが……私がかたわらで支えていて差し上げることには気が付いていないように……ぼんやりして、ずっと道すがら、『これは夢だわ。こんなことはありえないわ。私は夢をみてるんだ。そうよ、そうに決まってるわ。信じてはだめよ、クリスティア、こんなことが私の――綺麗じゃないクリスティアの上におこるはずなんかないのよ』とひとりごとをつぶやいておられました」

「………」

ナリスは、かるくくちびるをひきしめた。

「――そう。――お前は、どう思ったの？」

「は――？」

「なんで、令嬢はそんなことを云ったんだろうね」

それもなかばナリスのひとりごとのようなもので、ナリスは、レオが答えるだろうとは考えていなかった。

だが、案に相違して、まことにはっきりとした返事が返ってきたので、ナリスは驚いた。

「それは、当然そうおっしゃるかと愚考いたします。――私だって、そう口走ると思います。……そのようなことは、決して――決してありえないことなのですから……」

「え」

ナリスは驚いてレオを見た。

「お前って、よく見ると、ずいぶんきれいな目をしているんだね」

ナリスはつぶやいた。

「きれいな、というより――きついというのかな――なんだか、ものすごく光の強い目だな。――その目であまり見られると穴があいてしまいそうだ」

「お、お戯れを」

「どうして、いったい、何がありえないんだって？」

「ナリス――ナリスさまは――雲の上のおかたであられますから」

レオは、にぶい声でつぶやいた。おのれのつぶやきを当のナリスにきかれたくないかのようだった。

「その雲の上のおかたと――こうして、おからだに手をかけさせていただいていることさえ――われわれしもじもの卑しい身分の者にとっては、もってのほかの光栄でございますから。――いかに準男爵で一応貴族の御身分とはいえ、クリスティア嬢はカラヴィアの田舎の郷士のお嬢さんです。――殿下も罪なことをなさると――あ、いえ……殿下のなさることに、批判がましいことなど申し上げるつもりではございませんでした」

「だが、云っているじゃないか」

ナリスはいくぶん頬を紅潮させた。

「僕が彼女に罪なことをしたと？　そういいたいんだろう？」

「そう——ではございません……」

レオは、助けをもとめるように、思わず手をはなし、そのぶこつな両手をもみしぼった。それは、昨夜、クリスティアがしていた動作をナリスに思い出させたので、ナリスは思わずぎくっとした。

「殿下には——おわかりにならないと存じます。……殿下には——決しておわかりになりません。——しもじもの……このような卑しい……私どものようなものにとって、殿下が——どのように——あまりにかけはなれた存在で、こうして同じお部屋にいさせていただくことさえ信じがたいようなおかたであられることか——私の父はアルシス殿下にお仕えしておりましたが、卑しいうまや番でございました。——ごくごくたまに、殿下がおいでになって、馬に声をかけるついでに、父にもお優しくお声をかけて下さると——父はいたく感激しておりました。私は……家でいつもそれをきいておりました。今日は殿下はなんとこの俺に、いつもすまないな、ネルス、そうおっしゃって下さったのだぞ、と——おのれのような卑しい身分のものが、雲の上の聖王家のかたがたにそうして親しみやすいお声をかけていただける——本来、聖王家の皆様は、神々の末裔で——人間であって人間ではない、人と神のあいだにたたれる方々なのだ……とてものことに、本来ならば、そうしてお仕えしていても、よほど運がよくなければ、お顔さえ見られるものではない、まして、殿下はまことならば国王になられていたはずのおかただ——父はいつも、小さいわたくしにそう申し聞かせておりました」

「そう……」

ナリスは幾分鼻白んで答えた。レオの見せた珍しい熱狂ぶりは、ナリスには少々おもはゆかった。といって、べつだん、それをどうこうと思うのには、ナリス自身があまりにもそうして雲の上の聖王家の一族、聖なる血をひく半神の末裔、として扱われることに馴れきってしまっていたのだが。

「だからといって、僕だって——聖王家の人間だって、同じ生身の人間だよ、レオ」

ナリスはちょっと不服そうに異議を申し立てた。

「からだのなかには赤い血が流れている——たとえいかに《青い血》の聖王家、といわれたところでね。本当に一番最初の聖王家の始祖であるアルカンドロス大王は、青い血のもちぬしだった、という伝説もないわけじゃあないけれど、誰もそんなこと信じていやしない。——僕の血は赤いよ、レオ。僕はそのことはよく知っている」

「青い血、と申すのはむろん比喩にすぎないことは、存じております」

レオはいくぶん向きになって云った。

「でも、殿下がたは《同じ生身の人間》などというものではおありになりません。——そんなことは、ひと目、殿下を拝見しただけで——」

「私が、お前と、どこがどう違うというの、レオ」

「どこからどこまで、あまりに……」

レオの声がかすれた。

「私には——私には令嬢のお気持のほうが、痛いほどよくわかります。——殿下はご想像もなさらないでしょうが——私は今日明け番ですから……部屋に戻ってから、殿下が私のようなものに、私ごときのものに、あんなにも親しく長い時間おことばをたまわった、ということを考えて、茫然とするでしょう。——いまは無我夢中でお返事いたしておりますが、正直、雲を踏んでいるような心地です。あのお気の毒な令嬢にしてみればもっと——もっと信じがたいことがその身に起こってしまったのです。どう考えていいのか——その戸惑いも、おそれも、私には——」

「お気の毒な令嬢って、なぜ？　私に愛されるのは、そんなにも気の毒がられるようなこと？」

「神は、ひとと、交わるべきではございませんから——」

レオの目のなかに、狂信者のそれにも似たものが忍び込んだ、と見たとき、ナリスは奇妙な爆発しそうなものを覚えた。

「僕は神じゃないよ。レオ」

云うなり、ナリスは、レオのほうに身をかがめた。そのまま、唇を衝動的にレオの唇におしつけた。

「僕を神様扱いなんかするのはやめてくれ。なんだか――なんだか、まるで冷たい石像にでもされてしまったような気がする。だけど僕は人間だ。このとおり生身のあたたかい血が通っている人間なんだ」

いったん唇をもぎはなしてから、ナリスは激しくそう云った。そのまま、また、レオの頭をかかえよせて、唇をあわせた。

レオは一瞬、抱き寄せられたときのクリスティアと同じように硬直して、石にでもなってしまったかのようにみえた。だが、それは一瞬だった。

ふいに、レオは狂ったように激しくむしゃぶりついてきた。彼はがちがちと激しく全身をふるわせていたので、歯ががちがちと鳴り、ナリスの歯にぶつかった。それはナリスに、おのれのつまらぬ気まぐれを後悔させるに充分な怯えをかきたてた。

「あ……」

ナリスは、身をもぎはなそうとした。だが、レオははなさなかった。ここで手をはなしてしまえば、二度とふれるすべがない、と知っているかのように、狂ったようにかれはナリスの唇をむさぼり、激しく唇を唇におしつけ、打ち付けてきた。

「痛いよ、レオ」

ナリスはするどい声をあげて身をひいた。レオは放すまいとした――が、ようやく、ナリスはおのれのからだの自由を取り戻すのに成功した。

「酷いな。唇が切れちゃったじゃないか」

ナリスは唇のいたみに気づいて叫んだ。それから、奇妙な妖しい微笑を――自分では、ちっともその妖艶さに気づいてはいなかったが――浮かべた。

「でも、これで、お前にだってわかっただろう？　ほら――僕の血だってちゃんと赤いよ」

「ナ――」

うたれたように、レオは身をこわばらせた。そのおもてに、ようやく、驚愕と、そしておのれのしでかした大それたことへの恐怖がのぼってきた。

「ナリスさま――」

「もういいから、あちらにいっていて。――それから、入浴するからと小姓に伝えておいて。着替えをそろえておいてくれと――どうしたの？」

いくぶん、不安になってナリスはレオを見上げた。レオは動こうとしない。石像となってしまったかのように、ソファにかけているナリスになかば覆い被さるようにして立ちはだかっている。

ケイロニア人の血をひいているレオは大柄でがっしりしていた。もしも彼が猿臂をのばしてきたら、おのれには立ち向かいようがない。ナリスは一瞬ひるんだ。

レオはふいに、激しく身をふるわせ、ようやく本当にうつつに戻ってきたかのようだった。その頬が、どす黒くあからんだ。

「失礼——失礼いたしました——なんと——お詫び申し上げたらよいか……ご無礼を——ご無礼を……」

レオは呻くようにいうなり、両手でおのれの髪の毛をかきむしるようにつかんだ。そして、その手をもぎはなし、狂おしく一礼すると、逃げるように出ていってしまった。

ナリスは、唇に手をあてた。まだ、ほっそりした指先に血がついた。まるでレオの妄執そのものの呪いのように、二、三回拭っても、まだその血はとまらぬようだった。

4

「あら、浮かぬお顔」

フェリシア夫人は、慎重にナリスの顔をのぞきこもうとした。ナリスが、何を考えているか、まったくわからなかったのだ。

だが、かえってきたのは、

「僕は、ばかだ」

という、珍しい吐き捨てるような感情もあらわなひとことだった。フェリシアは驚いた。

「いったい、どうなさったんですの。御機嫌がうるわしくないんですの」

「………」

ナリスはむっつりとしたまま、何も答えようとしなかった。フェリシア夫人は、これはどうも本当に何かがいつもと違うようだと見てとった。そして、からかうような、ゆとりのある大人の女性めいた態度をあらため、真面目な真剣な顔になった。

「どうなさいましたの。何か、ございましたの」

「何か――」

ナリスは相変わらずむっつりとしていた。フェリシアとの密会にナリスが利用しているのは、主としてフェリシア夫人がパレスの外郭近く、身分の高い貴族、貴婦人たちが手続きにしたがって申し込めば借りることのできる小さな邸が続いている一画、《連星宮》の西側に借りている、美しい瀟洒な別邸であった。クリスタル・パレスでさまざまな仕事や公務や宴会などに参加することの多い高位の貴族、貴婦人たちには、クリスタル・パレスのなかに独自の宿舎をもつことが許される。それはフンズベール城とネルバ城の側にわかれ、それぞれに西連星宮、東連星宮と呼ばれて、フンズベール城とネルバ城の内側の城壁にそって続いている。大小さまざまの美しい邸が続いていて、大きいものはふつうの貴族の邸宅くらいもある三階建ての、ほとんど小宮殿といってもいいようなもの、また、独立した建物ではなく、大きな四階建ての建物の中の、いくつかの部屋や、ひとつのフロア全部、などという借り方をすることも出来る。

それはクリスタル・パレスの管理になっていて、西と東の騎士宮と聖騎士宮に対比される、貴族たちの宿泊場所として用意されているものだ。むろん、定期的に、あるいは長期間の契約で借りるものだけではなく、臨時に借りることの出来る部屋や建物もいくつかある。

フェリシア夫人は、そのなかの、ちょっと離れた庭園に区切られた、小さな一戸建ての邸をおのれの宮廷での足場としてずっと借りているのだった。それは疑いもなく、いちいちクリスタル・パレスと北クリスタル区にある彼女の亡夫からうけついだ豪華な邸宅のあいだを馬車で行き来するよりも、またその邸宅で召使いたちのさがない目や口を心配するよりも、ほとんど毎晩のように何かの宴席につらなって宮廷の花の役割をつとめている彼女のような典型的な宮廷女性にはとても便利な、恋の冒険や密会のための最高のかくれがの役割を果たしていたのだ。

むろん、そのほかにも、クリスタル・パレスに建ち並んでいる美しく宏壮なそれぞれの宮殿のすべてがそれなりの宿泊設備を整えていて、主宮殿である水晶宮にも、一昨日のやや格落ちの地方貴族懇親会が開かれた紅晶宮でも、またその反対側の、国賓などをもてなすための緑晶宮でも、女王宮や王子宮でさえ、それぞれに貴族や賓客達が不自由せずに寝泊まりすることはできた。カリナエ宮やベック公の宮殿でもむろんである。しかし、それだとあくまでも宮廷のひとびと、侍女たちや使用人たちに気をかねなくてはならないし、あまりに好き勝手なことをするのは人目もはばかられる。

そういう事情があるので、フェリシア夫人のように《冒険好き》の男女は、そうやってなにがしかの、好きに使えて仕えるものもおのれが気心のしれた、あるいはもう手なづけ済みの家の子郎党だけですむ、自分のための居住区画をちゃんと、クリスタル・パレスのなかに確保しておくのが普通なのだった。むろん、なかには、そんな恋の冒険のためではなく、毎日早くから遅くまで真面目に働くためだけに寝泊まりの場所をパレスに持っている、真面目な貴族がいたことも当然である。

「何があったというんです。というか、何があればご満足だというんです？　何もかわったことなんか、ありゃしない」

「まあ、そのおっしゃりようからして、ふだんのナリスさまじゃありませんわ！　どうか、云ってご覧になって、何がありましたの？　何か、とてもよくないことが？」

「よくないことなんかありゃしない。あったとすれば、僕が自分で思っていたよりずっと愚かだという、ただそれだけのことですよ！」

「まあ」

フェリシアは慎重にいった。それから、ゆっくりときいた。

「それはあの賭けに関係がありますの？」

「さあ、どうなのかな。とにかく、云わなくてはならないけど、僕は賭けに勝ちましたよ。それだけは云っておこう。僕は彼女を《もの》にした、それに、彼女に、『あなたのためならば、死んでもかまいません』と言わせた。賭けの賞品は何だったのかな。忘れてしまった」

「賭けに勝ったら、もう、殿下のことを子供扱いしない、と」

フェリシアは心配そうに首をかしげた。

「それでは賭けにお勝ちになったのですね。それは、おめでとうございますを申し上げるにはちっともやぶさかではありませんけれど——でも、それにしてはナリスさまのご様子は、ちっとも勝者の満足という感じではございませんわね！　何か、イヤなことがおありでしたの？　手に入れてみたけれど、そのことをとても後悔しておいでだとか——」

「後悔——」

ナリスは一瞬考えた。そして、思わず、つんと頭をそびやかした。

「後悔なんかしませんよ！　するもんか。自分のしたことに後悔するくらいなら、僕はそのまま死んでしまったほうがましなくらいだ。僕は後悔などという下らない女々しい感情は、自分のなかに生まれてきても即刻殺してしまう」

「まあ、お気のこわい」

フェリシアは、なだめるように、美しい象嵌のテーブルの上にのせてあった、優美なかたちの水差しから、はちみつ酒をナリスの杯についだ。

「でも、もし賭けにお勝ちになったというのなら、わたくしはもう、お約束どおり二度と殿下を子供扱いなどいたしませんわよ。そのことが、そんなにあなたを傷つけているなんて、思っていませんでしたので——きっと、わたくしも、ナリスさまがわたくしに

示してくださる優しいごようすにつけあがって、調子に乗りすぎたんですわ。申し上げておかなくてはなりませんが、わたくし、ナリスさまを子供だ、なんて思ったことは一回もございませんのよ、本当は」

「そうとは思わないな。はじめは本当に子供だったんだし」

「それはでも、しかたございませんでしょう、十六歳なのですもの。誰だって、十六歳のときはあるものですわ」

「あなたは――」

ナリスは溜息をついた。そして、はちみつ酒をぐっとあおった。

「あなたは、なんといったらいいのかな――いたずら心で、ついついひとの心に恋の火をかきたててしまって、それで罪なことをした、ばかげたことをした、と後悔したことはおありですか？　もちろんおありですよね、天下のサリアの寵児たる、デビ・フェリシアなのだから」

「いたずら心でひとの心に――」

フェリシアは眉をひそめた。

「あの令嬢の心を、あまりにも深く、ナリスさまが奪ってしまったと――そのことを、後悔しておいでなんですの？　いたずら心でそうなさったことを？」

「あの娘だけじゃない」

ナリスはほっと重たい息をついた。

「公平じゃない――でもあのときには、そう思わなかった。そう、いまになってみると、僕にもよくわからないんだ。どうしてあんなことをしてしまったのか――」

「あの娘だけじゃない？」

「そう――それに、女性なら、それなりに扱い方もわかってるつもりなんだけど」

「男性あいてにもちょっと、ついつい、おいたがすぎた、ということですの？」

「まあ、そういうことになるかな」

ナリスはひどく内心くよくよしていたので、フェリシアの言葉にかきたてられた反抗心よりも、フェリシアにすがりたい心のほうが勝って、不承不承認めた。

「でもそんな――いっておきますが、そんなすごくばかなことをしたわけじゃない。僕はルブリウスの徒じゃないし、そういうことは遊びごとで足を踏み入れたりする気はないんです。ただ――ちょっとね、その――」

「まあ、とうてい、それでは、子供扱いするどころではありませんわね」

フェリシアは笑い出した。もっともナリスの気を悪くしないように、笑い方にも実はよくよく気を配っていた。

「この短いあいだに、ナリスさまときたら、新しい女の子ひとりと、殿方ひとりの心を奪ってしまわれましたの？　そして、そのことで気に病んでおいでですの？　それはなかなか、わたくしでも及ばないほど、奔放なふるまいでしてよ――わたくし、少なくとも、どれほど何をいわれようと、そんなふうに早手回しにはふるまったことはありませんわ。なかなか、わたくし、決断がつかないんです。一夜をともにする、ということについて」

「でもけしかけたのはあなたじゃないの」

ナリスは、不思議なことに、そういわれたことでいくぶん機嫌が直って、怒ったようにフェリシアをにらんでみせたが、目はずっとやわらいでいた。

「あなたがけしかけたから、僕は――」

「あの令嬢は、とても世間知らずに見えましたものね。でも、わたくしとしては、あなたを手にいれたくて必死で――もう最初から、ナリスさまにちょっとでもお声をかけてもらい、そのことを田舎に帰って一生吹聴するようなたぐいの娘には、絶対、あなたを近づけたくなかったんですわ。――わたくしだって、……わたくしだって、とてもあなたのことを――愛しているんですもの」

「へえ」

びっくりしたように、いくぶんずるそうにナリスはフェリシアを見た。

「そんなことばははじめてきいたな。――僕たちはそれこそ、大人の契約と遊びでおつきあいしているんだとばかり思っていましたよ」

「それはもちろんそのとおりですけれど、でも情というものだってうつりますし、それに、もともと、やっぱりわたくしはあなたがとても好きですのよ。何もかも、わたくしが手ほどきしてさしあげたのだし、それにあなたの気性も好き。こういったらお怒りになるでしょうけれど、あなたはとても——その、とても可愛らしいかたですのよ。御自分では、おわかりにならないでしょうけれど」

「ほら、また子供扱いする」

「そうではございませんのよ。それは、子供のではなくて、男の——とても自負心が高くて、気位が高くて、あまりに気位が高いので自分から欲しいものを欲しいとおっしゃることもしないような殿方の可愛らしさなんですのよ。……わたくし、そういう男がとても好きなんです。ナリスさまは、最初は手ほどきしてさしあげるのが誇りでそうなったかもしれませんけれど、いまのわたくしにとっては、間違いなく誰よりも大切なたったひとりのかたなんですわ」

「これはまた。あなたたって、きょうはどうかしている。——僕がどうかしているせいかな」

「大人の女というのは、すべきときには率直に、降参でも——戦略であろうとなかろうと、全面降伏でもしますし、占領されるべきときには占領されるものですのよ」

フェリシアは、つと手をのばしてナリスの白い手をとった。

「というか、これまでにあまりそういうことをちゃんと申し上げなかったのが、いけなかったのかもしれないと、わたくし最近になってとても思っているんです。――わたくしが、どんなにナリスさまをお慕いしているか、それは、年下の初々しい坊やを可愛いと思っているわけじゃなくて、誇り高く、まだお若いけれど意地強く気性の激しいクリスタル公爵を、若いいとおしい情人と思って誇りにしている、ということを、ちゃんとわたくしが申し上げるべきだったんだ、と」

「そんなこと、これまで一度だっておっしゃったことはなかった」

疲れたように――むしろいくぶん怯えたようにナリスはつぶやいた。そして、自分の手をそっとフェリシアの手からとりかえした。

「どうして、いま突然そんなことを言い出すんです。――僕があまりにうちひしがれて、気の毒に見えるから？　そんな御心配はいりませんよ。僕は、確かにちょっと疲れているし、ちょっと――いや、かなり自己嫌悪にとらわれているけど、うちひしがれているわけじゃあないんだから」

「そんなこと、思ってもみませんでしたわ」

フェリシアは云った。そして、これは思ったより相当重症だな――ナリスの落ち込み具合も、また、かれの狷介さ、というよりも、あくまでも自分の心をのぞかれまい、子供扱いされまいとする意地の強さも、自分の思っていたよりも相当に強いものがあると気づいて、ちょっとまた態度をかえた。そのへんは確かにフェリシアのほうが数段大人であった！

「あの令嬢をものにしておしまいなさいとけしかけたのは私ですわ」

彼女は、用心深くナリスの表情を見ながら云った。

「だから、もしも、彼女のことでナリスさまが何か落ち込んでしまわれたり、とても責任をお感じになるようなら、その責任の半分は私にあるんですわ。——確かに、あのときあなたがおっしゃったとおり、私は、ああいうあまり美人でなくて、世慣れてもいない令嬢なら、ナリスさまにそんなにしつこくつきまとうようなことはしないだろう、それにナリスさまのお手がついたと国元にかえってからまでしつこくふれまわってご迷惑をかけるようなことはしそうにも見えない、そう思ったから——でも、軽率でしたかしらね。私、これまで、そうやってひとの気持を決してもてあそんだことがないとは云いませんけれど、でもそれは結局、あまりいい気持のしないものでしたわ。だから——」

「彼女は、迷惑もかけないし、しつこくつきまとうなど問題外だと思う」

ナリスはなんとなくしょんぼりして云った。

「そういうことならきっと僕はなんとも思っちゃいない。——彼女は、云ったんだそうです。こんなことはありえない、これは夢なんだ、こんなことが自分の身におこるなんて信じられない——って。どうして、そんなことをいうんだろう。僕だって、生身の—

「たとえ聖王家の王子であろうがなんだろうが、ひとりの人間じゃありませんか。青い血のといわれたって赤い――」

言いかけて、ナリスはあわてて口をつぐんだ。その同じことばによって、自分がどんな反応をひきおこす行動に出てしまったかを、いきなり思い出したのである。

そうとは知らぬフェリシアは心配そうにナリスを見つめた。

「そうですわ。ただ、生身の同じ人間でも、それはひとによってあまりにも生まれも育ちも境遇も違う、それは事実ですわ。それを、ないものにしようとすると、かえっておかしなことになったり――かえって相手にお気の毒なことをしてしまうことになりますのよ。――私も、昔、いろいろと、身分違いの若い騎士に思いをかけられてかえって申し訳ないことになってしまったり、それから――そうですね、地方貴族の娘といったら私も同じですから……聖王家の王子さまに求愛されたとき、それは、最初はとりのぼせもしましたし、夢のようだと思いもしましたわ……」

「でも、あなたはそれにふさわしいだけの美貌もおもちだったし、それに何をいうにも、地方貴族の娘といったって、あなたはサラミス公の息女、サラミス公女だったんだから。……それだけの大貴族の姫君なら、サラミスではそれこそ、クリスタルにおけるリンダやターニアおばさまみたいな、そういう女神だったはずなんだ。もともと」

「それをいったら、あのお嬢さんだって、きっと、どこだか知りませんけれど、国元に戻ったらそれなりにお姫様なんですわ」

「ルーラン」

　ナリスはむっつりと云った。

「知っています？　僕は知らなかった。ダネインに近いカラヴィアの田舎だといっていたけれど」

「あのあたりじゃあ、本当に大した都市もないのでしょうね」

　フェリシアは思い出そうとしながら云った。

「ルーランですか。きいたこともあるような気はしますけれど——というか、地図で見たことはあると思いますけれど。でも、どんな土地柄なのか、などということは全然私も知りません。ずいぶん、遠いところから、いらしたかたでしたのね」

「彼女は足が悪くて、おまけにお母さんはとっくに亡くなって、義母に——苛められている、とはあえて彼女は云わなかったけれど、義母も父親も、そちらのあいだに出来た男の子たちのほうを何事にも優先しているような気配だった」

　ナリスは憂鬱そうに云い、自分で水さしをとろうとした。フェリシアは急いで酒を注いでやった。

「それで彼女が美しい目立つ令嬢なら——せめて、華やかだったり、気性が強かったりしただけでも、ずいぶんとものごとは違うんでしょうけれどね。でも、彼女は、ああいうきわめて内輪な、ろくろく口もきけないような内気な人だから……正直に認めるけれど、僕も多少、面白がっていた。そういう目立たない、貴族の子女といってもにぎやかな場所や華やかな場所になどそぐわないと自分で思っているような、そういう地味で内気な足の悪い娘を、あなたが選んで——派手でそれこそ僕の目にとまりたいと一生懸命つとめて、一夜の相手に選ばれたらそれを一生の自慢話にするような娘なら、何の面白みもなかったし——だからして、僕がそんなに、自分のことを馬鹿だと思うこともなかった」

「馬鹿だと思っておいでなんですの、御自分のことを」

「というより、馬鹿なんです」

ナリスは痛烈に云った。

「恋をしたことがないんだろう、なんていうあなたの挑発にのって、あんな賭けをするなんて。——それだけならまだいい。僕は、はっきりと僕に恋をしていることがわかっている近習に、彼女との一夜をすごしたあと、彼女を宿舎に送っていってやるよう言いつけ、そして、そのようすを報告させ——」

「それで、彼が逆上したんですの？」

なんとなく様子がわかってきて、フェリシアは同情的にいった。

「それはもう、仕方ないですわ。美しくて若くて、そして高貴な——しかもあなたのように神秘的なかたは、どうしたって、いろいろな人間の勝手な思い込みの対象になって、そして——」

「そんなんじゃない」

ナリスは情けなさそうにいった。

「僕が彼を誘惑したんです。——どうしてそんなことをしたのかわからない。いまとなっては、なんてばかげたふるまいなんだろうと思う——およそ僕らしくもないし、僕がそんなことをするなんて想像できますか？　でもあのときは——なんだか、むしょうに苛々して——なんだか、誰もかれもが僕を特別な目で見て、そして僕の我儘を許して、はれものにさわるように遠巻きにして——たとえ彼女を抱いても、それで何かを得たことにもならないし、何かにふれることもできない——それが自分のせいなのだったら、自分でなんとかできるかもしれないけれど、そうじゃなくて、相手が僕に決してふれてくれないのに——僕にふれられても、僕が望んでも結局本当には決してふれあうことができないということが——とてもたまらなく思えた。自分が一生こんなふうに孤独の檻に閉じこめられたまま終わるのだろうか、何人の女と、いや男もいれてもいい、何人の男女とどういう関係をもったところで、僕は決して恋をしないのだろうかと思ったら、なんだか、何もかも壊してやりたいような気になって——そうして、なんだってこいつは僕をこんな目で見るんだろう。なんだって、こんなふうに、まるで僕のことを僕自身よりも理解しているとでもいうように僕を見つめたり、うっとりした顔つきをしたりするんだろう、なんで僕を見ておどおどしたり、僕にさわることを『おそれおおい』なんていうんだろうと思ったら、とても腹が立って――そう、腹が立って、何もかもぶちこわしてやりたい気持になって――」

「――ああ」

フェリシアは低くいった。

「そうでしたのね……」

「それで――これまでにしたこともないことをしてしまった。僕のほうから、彼を誘惑した。――それで、彼が誤解したのだったら――それとも、誤解じゃあない、僕の意図を悟って――でもそうしたら僕はものすごくふるえあがってしまっただろうけれど、それでも――それならまだしもよかった。自分の行為の責任をとって、自分のやることなすことのばかさかげんを嘲うことにもなったかもしれない。だけど、彼は――自分から誘惑しておいて、怯えた僕をみると、すぐにとても礼儀正しく無礼をわびて――手をはなしてしまった。僕が弄んだ少女は、僕をひどいやつとうらむかわりに、夢のようだなどといって――けさ、手紙がきたんです。よほど手紙を書くまでに思いきって――勇気が必要だったのに違いない。それをみて、僕はなんともいうにいわれぬ心持になった。僕をなじって、怒って、無法なやつだと、自分をもてあそび、おもちゃにし、処女を奪って、自分の一生をめちゃくちゃにしたとなじってくれたらよかった。そうしたら、僕だって、わびようもあったし、彼女に対して何かもっと——そう、何かもっとしてやれることが、つぐないでもなんでもできたかもしれない。だのに彼女は——」

「なんて、いってきたんですの？」

「私のようなものに、お情けをかけて下さって——私にとっては一生の夢まぼろしでした、と——そんなことってありますか？　あっていいものですか？　僕はいったい何ものなんだ？　なんだかだんだん自分がわからなくなってしまう。——賭けなんかしなければよかった。こんなことは僕には向かないんだ。ああ、もう認めますとも——そう、僕は恋したことなんかない、恋なんかできやしない。きっと一生できやしない。レオを誘惑したときにも、クリスティアを抱いたときにも、僕の心のなかにあったのは冷たい、科学の実験の結果を知りたがるような冷ややかな非人間的な好奇心だけだったんだ。僕は酷いやつだ。次々に女を弄んでは捨てる遊び人のほうがよほどましだ。よほど人間的だ。——僕には人間の心がないのかもしれない。——だから、いっそ僕をなじって、ひどいやつだとののしってくれればいいのに、だのに——」

「しかたがありませんわ」

フェリシアは悲しそうに、疲れたようにいった。

「あなたは、聖王家の王子様なんです。——いまさら、しもじもの人間と同じようになりたいとおっしゃっても……もう、それは無理なんですわ。だってあなたはアルド・ナリスなんですもの。あなたは、他の人間と同じには、死んでもなれないんです」

第四話　幼年期の終わり

1

その春は、なんとなく、一見きわめておだやかに——だがその底に奇妙な緊張感にも似たものをはらんで過ぎていった。

もともとパロの、ことにクリスタル周辺の四季のうつりかわりは、それほどに激しい変化をもたない。一応四季のかわりめはあるし、四季おりおりの風情も、そのときどきに咲く花もあるけれども、ケイロニアのように、短い秋がたちまち最初の雪によってとってかわられるや、豪雪ときびしい寒さの長い冬がおとずれる、というようなこともないし、といってモンゴール地方のように、ケス河をへだててむさあっているノスフェラスから季節風が吹き付けてきて、黄砂が吹き荒れ、砂嵐が荒れ狂う、というようなこともない。基本的に、クリスタルの周辺は、比較的なだらかな山々によって守られており、盆地というには広すぎるけれども、その山がついたてのように、強烈な風や雪からこの美しい中原の都を守っている。

雨もそれほど多いわけではないが、水は山々から流れてくる川とたくさんある湖のおかげでゆたかである。冬といっても、それほど寒さが厳しくはなく、夏といっても暑さがたえがたいほどでもない。

パロのゆたかで平和な文化はすべて、その温暖で穏健な気候をもとにして発達したものであるのだ。——そしてまた、豊かな土壌をもつこの国には、四季の花々が咲き乱れ、ゆたかな実りがあり——その恵まれた自然条件が、この国を早くから、多くの人口をもつ世界の文明の中心として発達させてきたのだ。

その春は、いつになく、多少雨が多いようであった。だが、だからといって、異常気象だ、というほどのこともない。季節風というほどのものはパロには吹かないし、雨といってもおだやかなしとしとと降るものしずかな雨だ。雨がふると、クリスタル・パレスや、クリスタルの富裕な上流階級の邸宅では、使用人たちがいっせいに水晶の一枚板で作られた雨よけ——むろんもっと違う材質のものもあり、布のものもあれば板のものもある——を取り出してきて、回廊やバルコニー、また庭園のあずまやへの通路などに屋根を作って歩く。

「どうなさいました——?」

日頃からあまり食のすすまないナリスが、さじを手にしたまま、ふっと窓の外に見とれるようすを見せて、手をとめてしまったので、給仕の小姓は気にしてのぞきこんだ。

「何か、お味でも——よろしくないものがございましたか？」

「ああ？——ああ、いや……このごろ、妙に、よく降るなあ、と思っていただけだよ」

「さようでございますねえ。……どうも、このところよく降るようで……こんな年はなかなか珍しいのですが……」

「そうだねえ……」

「町方のほうでは、何か凶兆でなければよいが、と申しておるものもございます。——かつてパロの国にいろいろ大きな国難のふりかかったときにはいつも——その年の直前ではなくて、五年前、六年前にその《前知らせ》のようないつもとても違う凶兆がおこっていた、それを我々は愚かなのでいつも見逃してしまっていたのだと——アムブラの古老などのなかで、そのように語るものもおるそうでございます」

「そんなことをいっていたら、それこそ、何年前にみた悪い夢が、あとで何かあったとき、ああ、あれが《前知らせ》だったのだ、ということになってしまうよ。それはさすがに、迷信深い町の老人たちの考えかただと思うな」

ナリスはかすかに笑った。小姓も笑った。

「まったくそのとおりでございます。——もう、召し上がらないのでございますか」

「ああ、今は、もうこれでいいことにしよう」

「でもまだほとんど召し上がっておられません。スープだけで――けさがたも、あまり食欲がないとおおせで、ほとんど召し上がらなかったことですし……」

「すまないな、リラン。このところ、あまり食がすすまないんだよ」

「昨日もそうおっしゃっておいでになりました……」

小姓のリランは心配そうにナリスを見つめた。このところ、ただでさえもともとそう食のすすむほうではないナリスの食欲はことさらにすぐれない。それは、当然のことながら、本来なら育ち盛りのはずのナリスのからだにも影響を与えているようで、もともと骨が細いからそれほどまだ目立つほどでもないが、このところナリスが急に面痩せして、からだもなんとなくたよりなげに痩せてきていることに、小姓たちや近習たちは気づいてそっと心配していた。ルナンはこのところ武術大会で忙しいので、あまりやってこないのだが、もしもやってきたらただちに心配してぎゃあぎゃあと騒ぎたて、もっと食べるようにと命じてまたしてもさらにナリスをげっそりさせたかもしれぬ。ナリスのほうはあきらかに、気鬱のせいで食が進まないようだった。なんとなく物思いにふけりがちになっているようすが、小姓たちにも目につくのだ。

(なんだか、それに少し――おとなびたようすになられたような……)

(そうそう、もともと、それはお綺麗なかただけれど、なんだかとても、物思わしげで――なんだか、雨にうたれるルノリアの花のような……)

（えらいまた詩的なことをいうな！）

（だってそうじゃありませんか！　これは、もしかすると、もしかして……）

（え？）

（もしかして、恋わずらいかも……）

（そうか、考えてみるとナリスさまも十九歳……お年頃といえば、まさにそんなお年頃なんだからな……）

（もう、デビ・フェリシアというかたがおいでになるとはいえ……）

（あら、じゃあ、フェリシアさま以外のだれかに恋をしておいでになる、ということ？）


小姓たち、侍女たちは、まだ若く美しいあるじの身の上の変化にはいたって興味津々だ。

小姓部屋や台所などで、こそこそと話し合って興趣つきないようすであるかれらは、ナリスがどうして急に痩せてしまったのか、ということと、食欲がこう不振になってしまったのか、ということと——そして、なんだかおとなびて、うれわしげになったのは、おそらく恋煩いではないのか、ということ、もしそうだとしたらいったい誰に恋をしたのか、ということ——そんな話にうち興じてやまなかったが、そういう話がはじまると、きまってそっとその場にたえぬかのように用をつくろって立ち去ってしまう近習がいることなどには、気もとめなかった。ほかの邸よりはずいぶんとひかえめにしてあるとはいいながら、その分大きさも違うので、カリナエの使用人たちは、のべにすれば、通いのものも含めて六、七百人にもなろうというのだ。なかには、ナリスの顔など、年に一ぺんも見ないでカリナエづとめをおえるものさえいる。いちいち、名前も顔も、配置のかかわりのないものについてまで知っているというわけでもない。

おのれが、そのようにうわさの種になっていることなど、知ってか知らずか——知っていたとしてもおそらく、イライラにとまられたほどにも気にとめなかっただろうが、ナリスのほうは、フェリシアにくだんの告白をして以来、ずっと気がふさぎがちだったので、ことさらにしもじもとは、いつも以上に交流をもたぬように気を配っていた。人数の違いこそあれ、マルガでも、それこそ生まれてこのかたずっとそうやって使用人たちに囲まれて育ってきたナリスは、そういう意味では、使用人たちとのあいだに適切な距離をとることに関しては玄人であった。

そういうしもじもの関心にまきこまれたら、苛立つばかりだということも、また、逆に、そういう関心をとどめようとしてもとどめられぬものなのだということも知っている。それに、しもじもの小姓だの、ましてや下女たちなどがどのようにうえつかたについてうわさしようが、それはナリスのような生まれ育ちの人間には「己にはかかわりのないこと」でしかないのである。またむろん、じっさいにナリスの身の回りの世話をする小姓たち、近習たちのほうは、他の、めったにナリスに会うこともないものたちと違って、きびしくしつけられているし、また、あるじのそば近く仕えている、ということについての自覚も持っていれば、あるじへの尊敬や愛情もたたき込まれている。小姓どうしでひそかにうわさしあうのも、あえていうのならば、クリスタル公への尊崇の念と、その身の上を思いやる思いの強いからこそでもあったのだが。

「今日は雨だし——ひる一番でパレスに伺候することになっていたけれど、ちょっと遅らせることにしたから、馬車はルアーの二点鐘でいいと伝えておいてくれないか」

「かしこまりました」

「それから、パレスにお使いを出して、クリスタル公はちょっと体調がすぐれないので遅れると陛下ご夫妻にお伝えしておいてくれ」

「かしこまりました。——あの」

小姓は心配そうに見つめた。

「お加減が、お悪いのでございますか——？」

「少しね。たいしたことはないよ。——ちょっと、もういっぺんかるく横になって休めばすぐに直るだろう。ちょっとめまいがするような感じがするだけで……」

「あまりに、少ししか召し上がらないから」

小姓は口のなかでそっとぶつぶついったが、比較的新参であったので、おのれの分をわきまえて、ナリスにむかって諫めめいたようなことばは口にしなかった。かわりに心配そうに一礼して、ほとんど手がつけられていないといったほうがいい、食事の席からナリスがものうげに立ち上がるのを見送った。

ナリスはどちらにしても、食の細いほうであったが、おのれを終生悩ませる食欲不振の症状が、目立ってきざしてきたのがつい先日からであることには、まだまったく気づいていなかった。もともと、あまりにも他の同年輩の連中と見かけも、環境も違っているために、どのくらいが標準というべきなのかもわからなかったし、したがって、おのれがかなり病的な無食欲症の域に踏み込みつつある、ということも、まったく意識していなかったのである。また、使用人たちは、心配していてもあえてそういうことは口に出そうとはしなかったし、ルナンはこのごろ一緒に食事することもめったになかったし、あったとしても、武人であり、そろそろ初老の域もこえてきたルナンもまた、あまりにもこれは繊細な神経などというものとは無縁でありすぎたから、とうていナリスの思春期らしい憂悶など理解するどころではなかっただろう。むしろ、ルナンがあれこれ文句をいったりしたら、ただでさえかぼそいナリスの食欲が、ついにまったく死に絶えてしまう、というようなことにさえなってしまったかもしれぬ。

だが、食欲がなく、それであまりものも食べず、それをとがめるものも本当に案じてくれるものもおらず、それで、この十九歳の少年が、ずっと体調がすぐれないままで、なんとなくいつも顔色も悪く鬱々としている、というのは、なかなかに気の滅入ることであった。ナリスは、だが、おのれがそんな、思春期の少年にすぎないのだ、などと認めるくらいなら、舌を噛んで死んでしまったほうがマシだ、と思ったことだろう。

どことなく微熱でもあるようにだるいからだをもてあましながら、ナリスはのろのろと広大でかれひとりのためにいたずらに美しくととのえられている食堂を出て、居間に戻っていった。どうしてこのごろこう、体調がすぐれず、いつも気鬱のけがあるのか、ナリスはよくわからなかったが、ただ、何もかもに対して新鮮な意欲や強い欲求を失いかけていること――それがたぶん、あの《賭け》と、それにまつわるいくつかの出来事に関連しているだろう、ということだけは自分でもわかっていた。

（私は……どうしてしまったのかな。なんだか、もう、十九歳どころか――もう百九十歳くらいになってしまったような気がする……）

ぼんやりと、本を手にとってながめるようなふりをしながら、ナリスはソファに身をなげだして、思っていた。あの舞踏会の夜からは、もうすでに半月あまりが経過していた。

もう、それだけの時間がたっていたので、はじめの数日、とても耐え難く思われた人生は、ナリスにとってはまた、それほどしんどいわけでもなくなっていた。

とても気位が高く、とても自負心も強く、またとてつもないといっていいくらいに失敗やうまくゆかないこと、高い評価を得られないこと、相手を失望させることを恐れていたので、ナリスにとって、クリスティア相手のちょっとした《冒険》と、そしてまた、近習のレオとのほんのささやかなひと幕は、たぶん相手がきいたら驚いてしまうほどに、大きな意味をもつ出来事になってしまっていた。フェリシアに告白したように、クリスティアと寝てもまったく心が動かなかったこともだが、それにもまして、（しっぽを出してしまった）感じ、というのがナリスを打ちのめした。舞踏会の場では、ナリスは誰よりもにこやかに、愛想よく、親切で、そして優位にたってふるまうことができた——ダンスは誰よりもたくみなこと、持ち前の恵まれた肉体的な条件のおかげで、どこにいても、何をしていても光り輝くように目立っていること、その場の主役であるのは何の苦もないことであること、などをナリスはちゃんと知っていたし、それをちゃんと守れるように、その自己イメージ——他人の幻想も——を崩さないように気を付けてお行儀よくふるまっていた。

　飲み過ぎて、酒に酔いしれたみっともないすがたを見せることもなければ、酒の影響でその色白な頬をあからめることさえなく、踊りの相手の足を踏んだりしなかったし、またがつがつと食べたり、酒や食べ物をもってこいとか、おのれのいうことをきかないといって、人前で小姓を怒鳴り散らして足もとを見透かされてしまうような醜態を演じることもなかった。数多くの貴族たち、王族たちがはまるどんなワナにもはまるまいと

かたく決意していたので、ナリスは理想的な王子であり、《王家の義務》の完璧な施行
者であった。そして、そのことに、かれは非常に大きな自負心をもっていた。
　というよりも、そのことに、最大の自我と誇りをかけていた、といってさえよかった
かもしれない。フェリシアとの情事も、武術大会でベック公をうちまかして優勝するこ
とも、キタラを弾いて舞踏会の客たちをうっとりさせることも、すべてはナリスにとっ
ては《同じこと》であった。つまりは、そこがナリスにとっての檜舞台であった。
　リンダたちきょうだいのように、ずっと、宮廷の寵児として認められて育ってきたわ
けではなく、かれがその成功は『おのれの力で勝ち取った』ものだと考えていることが、
いっそう、ものごとをナリスにとって困難にした。ずっと「日陰の身」としてマルガに
育って来、そして十八歳の誕生日にいわばすべてを力づくで勝ち取ったと考えているナ
リスにとっては、そうして『勝ち続けること』だけが重大な意味をもつことであった。
それ以外のことはどうでもよかったし、ぶざまな負け方や不本意なすがたをさらすくら
いなら、いつでもいさぎよくこの姿を地上からなくしてしまうくらいの覚悟はできてい
る、といつもナリスは考えていたのである。
　だが、クリスティアとの出来事——そしてレオとのひと幕は、ナリスには、「どう受
け止めていいのかわからない出来事」であった。自分は、勝利したのか、負けたのか—
—賭けには確かに勝利していたが、それにしては後味が悪すぎたし、それに、自分が酷

いことをしたのだ、ということはナリスにもよくわかっていた。

自責、というのは、ナリスにとっては非常によくない感情であった。というか、かれにとってはまったく不慣れな感情であった。むしろ、怒りや自負や失意や野望のほうが、かれにとってはずっと親しんできた感情にほかならなかった。ナリスはおのれの感情をうまく表現できなかったが、ずばりと言い表すとしたら、すなわち、かれはクリスティアに、(わけもなく酷い仕打ちをし、しかもそれをクリスティアに受け止められ、赦されてしまった)ということで、強い自責を感じていたのであった。また、そもそもその話は(ひとを恋したことがない)というフェリシアのちょっとした揶揄からはじまっていたから、ナリスにとっては、純情を捧げてくれる田舎娘を抱くことで、もしかして自分も(本当の恋)を知ることにならぬものでもない、というような淡い期待もなくはなかったのだ。

まったく恋など無縁だ、そんなものなどしたくもない、とフェイ老師相手には口にはしたり、自分でもそう思ってはいたが、なんといってもナリスもまだたった十九歳の少年だった。そうはいっても(いずれは自分だって恋をする)はずだと思っていたし、その相手がいつ、どういうかたちで自分を訪れるのか、という点については、ロマンチックな夢を持っていないわけでもなかった。なまじクリスティアがあまり綺麗な少女ではなかったが純潔で、そして足が悪く不幸な育ちの、しかも純粋な少女であるように見えたために、ナリスのほうにも、（あるいはこれが本当の恋のはじまりになるのかもしれない……）という期待もないわけではなかったのだ。

だが、ものごとは、そうそうナリスの都合どおりにゆくものではなかった。かれは本当は自分のひそかに不安をいだいている事柄——つまりは（自分は男性としてうまくやれているんだろうか？　ひとなみに、あるいは人並み以上に評価され、女性を悦ばせることでも合格点は貰っているのだろうか？）というような事柄について、クリスティアにただしてみたくてしかたなかった——そもそもの手ほどきの相手であるフェリシアにそんなことを聞いてもおそらくはいっそう子供扱いされるだけのことだとわかっていたからだ。だが、クリスティアのほうは、さらにいっそう何ひとつ知らなかったし、わかってもいなかったし、わかるすべとてもなかったので、こともあろうに《聖王家の王子さまであり、クリスタル公爵さま》であるアルド・ナリスがそんな不安を抱いていようとは、想像もつかぬことであった。彼女はひたすら、「自分のような、いやしいとるにたらぬもの」に、アルド・ナリス王子ともあろうものが目をむけ、声をかけ、そして一夜をともにする気まぐれの相手に選んでくれた、ということを、なんとかおのれのなかで受け止め、信じるために全力を使い果たしていたのだった。

もっとも、それであっても、彼女は結局のところ、本当に「信じて」はいなかったのだ——彼女がナリスに翌日、さんざんに思い悩んだあともあらわにおずおずと従者に託して届けてよこした手紙には、こうあったのだった。

「クリスタル公アルド・ナリス殿下

このようなお手紙を差し上げて愚かな女と思われはせぬかとおそれつつ、どうしてもひとことだけ申し上げておかなくてはとありったけの勇気をふるってペンをとりました。なんだか本当に深い深い夢のなかに迷い込んでしまって、どこからが夢でどこからが醒めていたのかさえ、何ひとつわからぬような心持でおります。いまこうしてナリス殿下のあて名を書いていてさえ、本当にそんなかたが実在していらっしゃり、そしてそのお口が私の名を呼んでくださったのだとさえ、それもすべて夢だったのではないかと疑わしくなってまいります。でもいっそ、すべてが夢であったのなら、そのほうが幸せなのかもしれません。私のような卑しい、とるにたらぬちっぽけな者——ナリスさまのような、光り輝く雲の上のおかたから見れば、虫けらにもおとるようなこんないやしい者が、たとえいっときでも、そんな夢をみられたこと自体が、わたくしにとっては一生かかってもかなわぬ夢まぼろしであり——そのことだけは、わたくしが覚えておくことをどうかお許し下さるとおっしゃって下さいませ。忘れてしまえ、とだけはおっしゃらないで下さいませ。——むろん、殿下からは本当のお気まぐれ、ほんのちょっとしたつまらぬ気の迷い——明日になればその思い出に唾を吐きかけたくなるような下らぬおたわむれの一刻であったとは重々承知いたしております。でも、わたくしにとっては、それでもう死んでもいいと思う、夢まぼろしの一夜でございました。いまでも何もかもとてもうつつとは思えません。もう一度、御挨拶の式典がございますゆえ、お顔を見る機会はあるのですが、もう、とうていお顔をみたら正気でおられる自信がございません。体調のよくないのを言い立てて、先に国元ルーランに帰ろうと思います。もうお目にかかることもございますまい。なんという夢を見てしまったのでしょう——ひとの子にそんな夢を見ることが赦されるとは、いまでもそのこと自体に夢うつつの心持でございます。

どうか、末永くおすこやかに、そしてもっともっとお美しく光り輝いてパロに君臨なさって下さいませ。どのようなときでも、クリスティア・アウス・ア・ルーランはクリスタル公アルド・ナリス殿下のお幸せと限りないご繁栄とご栄光だけをひたすら、全身全霊をかけてお祈りいたしております」

この手紙は、ナリスには、なかなかににがい物思いをもたらした——フェリシアのもとにやってきたとき、ナリスがひどくうち沈んでいたのも、もともとは、このあまりにも自己卑下した、ひそやかすぎる手紙のせいであった。手紙の文字はところどころ涙でにじんでおり、クリスティアの心がまだあまりにも乱れていることをも感じさせたし、それに、そのあとナリスがただちに調べさせたところ、手紙にあったとおり、ルーフンのアウス準男爵令嬢は、地方貴族懇親会の翌日の記念式典を待たずに、馬車でクリスタルの都を出発してしまった、ということをきかされたのである。アウス準男爵夫人のほうは居残って、この記念式典に出てきたが、義理の娘とクリスタル公とのあいだに何かあったとはまったく疑ってもおらず、娘は従者だけにつきそわれて戻っていった、ということを申し述べた――ダンスに誘ってくれたことで、あるいはという期待をもつことさえ、していなかったようであった。そうするためには、少々、クリスティアには荷がかちすぎる、と思っていたのかもしれぬ。

ともあれ、クリスティアは、ナリスが恋をするいとまも、失恋をするいとまも、といってまた後悔したり、むごくふるまったりするいとまさえ与えずにすかさずナリスの世界からすがたを消してしまったのだった。それは、ある意味ではナリスにとっては助かることでもあったが、一方では、(結局、自分のしたことは何ひとつ意味のないことだったのだろうか)という思いをもたらした。せめて、もう一度くらい会ってことばをかわしたら、あやまることも出来れば、あるいはそこからささやかな恋愛の芽生えだってあったかもしれぬ、とナリスは考えずにはいられなかったのだ。だが一方では、実際にはクリスティアのような少女と何回会おうと、どうなろうと、本当に恋など芽生えることはありえないだろう、ということも、実はよくわかっていたのだが。

(だけど……あれから私はずっとなんだか、何かにつけてクリスティアのことばかり考えている――)

その意味ではクリスティアは、つきまとってさいごにはうるさがられ、イヤがられて顔もみたくないと云われてしまうことになる女よりもはるかに聡明にふるまっていたのかもしれぬ。そう、ナリスは皮肉に考えた。

（まるで、これでは——本当に私が、クリスティアに恋をしてしまったようなものだものな……そうでないことはよくわかっているが、私はずっと彼女のことを思い出さずにはいられないし——）

ナリスは、悶々と物思っていた重たい吐息を吐き出し、ふと顔をあげた。

そして、いくぶん動揺して声をあげた。

2

「レオ。——レオだったのか」

「はい」

近習のようすもまた、以前とはなんとなく変わってみえた。

どこがどうとは言えないのだが、妙に印象的であった。以前の彼について、それほどはっきりとした記憶があったわけではないのだが、そのこと自体が、彼があまりもともと印象の強いタイプではない、ということのあらわれであった。背も高いし、それなりにべつだん見苦しい顔なわけではないのだが、あまり強烈な印象を人にあたえない。ケイロニアの血をひいているという色白な肌が、ちょっと物珍しい程度だ。

だが、いまのレオは、何かが以前と異なっていた。

(あれ……この男は、こんなふうな感じだったかな……)

かなり、レオも痩せたのかもしれない。その、顎の張った角張った顔は、以前よりも相当に頬骨が高くせりだし、頬がこけて、いくぶん暗い感じにみえたが、その分、前よりもずっと精悍に、男らしい感じに見えた。はっきりいって、いまの彼は、人目をひくほどに——女たちにふりむかれるほどに、男らしい、しかも憂愁をたたえた印象の強い顔をしていた。物思わしげな、何か強烈な情念をつねに押し隠しているようなおちくぼんだ青い目、何か云ってはならぬことばを洩れぬようにときびしくつねに結びしめられているかのような大きめの唇——すべてが、何か妙にはりつめた、ひどくつきつめた緊張感を感じさせ、それが、かつてなかった強烈な何かを、この平凡な近習に与えていたのであった。ナリスがもうちょっとだけ世長けていたら、おそらく、かれに声をかけられたせつなにどす黒く染まった彼のうなじや、そちらを正視するにもたえぬかのように伏せられたまま、だがこらえかねるかのように苦しげにナリスのほうにむけられてはたちまちそらされてしまう目、苦しそうにそっと握り締められた手、ふるえるくちびる、などから、たちまちのうちに、すべての答えを読みとったであろう——すなわち、《禁じられ、封じられた熱愛の渇望》そのものを。

レオはだが、かたくなに目を床に落としていた。ナリスのほうを見てしまったら、何か恐しいことが起こる、とさえ、言いたげなようすであった。

「お手紙をお持ちいたしました」

レオはいくぶんふるえる声で云った。ナリスは本をおいて、レオを見上げた。

「なんだか、久しぶりだね。——当直は暫くぶりだったの？」

「は——はい。左様でございます」

「そう。——元気だった？　お前、少し、痩せたのじゃない？」

「——かもしれません」

レオの声には、万感の思い、とでもいいたいものがこもっていた。

ナリスは、いくぶんいぶかしそうにレオをみた。レオにしかけたつまらぬいたずらを、後悔はしていたが、正直のところ、おのれの近習であるレオに対しては、クリスティアに対するよりもはるかに、ナリスは罪の意識を感じていなかった。ただ、レオにちょっと尻尾をつかまれたように感じたのと、それに、あのとき一瞬、自分に襲いかかってきそうなレオの雰囲気を感じておのれがひるんでしまったことに、（なさけないところを見せてしまった）と感じていたのとで、なんとなく具合が悪かった程度にすぎない。それも、だが、半月の時間がたっていたので、かなりナリスのなかではうすらいでいて、レオに対しては、最初に顔をみたときぎくっとしただけで、もう、何も含むものは感じなかった。

「うん、そうだね。確かに痩せたよ。体でも悪いの？」

「恐れ多うございます。——ただ、あまり——ものが食べられぬだけで……私のことなど、殿下がお心にかけられるようなことではございません」

「お前に、ナリスさま、と呼ばせるように——殿下、と呼ばせないようにするのは、なかなか無理みたいだね」

　少し気を悪くしてナリスはいった。

「お前ってもしかしてなかなか強情なのかな？　この宮殿では、ナリスさま、と呼ばせている、って云わなかったかな？」

「申し——申し訳ございません。殿下——ナリス——さま……」

　レオは、今度は、蒼白になった。

　そして、（ナリスさま）となんとか、自然に呼びかけようとしたが、その声はあまりにかすれていたので、そう呼ぶことそのものが、いまの彼にとっては非常な拷問にひとしい、内心を吐露してしまうものなのだ、ということを明らかにしてしまった。明らかに、彼は、おのれ一人の心の中では熱烈につねに（ナリスさま！）と呼びかけていて、それで、当人を前にしたとき、おのれの心を明らかにしてしまわぬためには、禁忌を破って「殿下」という呼びかけを用いるしかなかったのだ。

　今度はさしものナリスも、そのへんの事情には気づいた。だが、もう、あのときの奇妙な、何もかもめちゃくちゃにしてやりたいような衝動はすっかり消えていたので、レオのその動揺は、いささかの当惑と、そしてちょっとしたおかしみを誘っただけだった。もう、レオに対するかぎりは罪の意識も、それと同時に興味も消え失せていた。

「まあ、いい。手紙を」

「は――い。こちらに……」

レオはありったけの力をふりしぼって平静を保とうとしながら、ナリスに手紙箱を差し出した。ナリスはつまらぬからかい心がおきてくるのを感じたが、今度は偉いことにちゃんと自制した。おとなしく手紙箱を受け取り、ちょっと指さきがふれてレオが電撃にあったようにふるえだしても、それをからかうようなそぶりも、流し目もしなかった。かれはいたってお行儀よく、手紙箱をひらき、中の手紙を機械的にあらためはじめた。

「よく、雨が降るね」

そうしながら、ナリスは、気詰まりな沈黙をやわらげようと、なかば習慣的になっている、何の意味もないことばをかるく投げかけた。レオは息苦しいかのように、激しくあえぎながら、そのあえぎを必死に気づかれまいとおさえつけていた。

「はい――」

「きょうはちょっと体調が悪くて……でもあとでパレスまではどうしてもゆかなくちゃならない。雨だと、億劫だね、何かと」

「は――はい……」

「こんなに雨の多いのは、パロでは珍し――」

ナリスのことばが、途中でとまった。

レオは、手紙箱を受け取るために、そこに立ったまま、あまりにも強烈な誘惑にこらえかねて、そっとナリスの優美なすがたをぬすむように凝視していた。かわききった地面が雨を吸い込むように、かれの心は、ナリスの絵すがたを吸い込んでいるかのようであった。彼の目は渇望とやるせない崇拝と憧憬にみちて美しいあるじに向けられ、ひどく切なげな吐息がおさえようもなく唇をもれた。おかしなことに、そうしていると、彼はひどく男らしく憂愁に満ちて、一種美しくさえあった。

ナリスは、ゆっくりと、呼吸困難に陥ったかのように、手紙箱をかたわらにおき、自分ののどを手でおさえた。

「ナリスさま――？」

するどく、レオの唇から、不安そうな、おののくようなささやきが飛び出した。

「如何――なさいました……？」

「――クリスティアが死んだ」

ナリスはいった。そして、苦しそうに自分の手で胸をおさえつけた。かれはからだをしめつける服を好まなかったので、ことに自分の部屋にいるときには、ゆったりとした、かれの細いからだをことさら華奢に見せる部屋着を着ていたが、そのゆったりとした服が突然にのどもとをしめあげる蛇にでもかわった、とでもいうかのようだった。

レオは、眉をよせて、ナリスを見つめた。

「アウス準男爵夫人からだ。――何も事情は書いてない。ただ――先日懇親舞踏会にて、御親切にも踊って頂きました娘クリスティアこと、一昨日急死いたしました、とあるだけで……生前に寄せていただきました御厚意に甘えてお知らせを申し上げ――」

手紙を読もうとしたナリスの声は突然止まった。

「――息が苦しい」

ナリスは小さな、聞かれるのをおそれているような声でいった。レオは、眉をしかめた。彼は異様な目つきで、ナリスを見つめていた。

「ああ、どうしよう。息が苦しい」

「ナリスさま――何かお飲物をお持ちいたしますか……？」

「いや、いい。それより……」

ナリスはあえぐように云い、そして手をのばした。空をつかもうとするかのようなその華奢な手が自分のほうにのびてくるのを、レオはびくっとして飛びすさりたいかのような様子を示した。

「ナ――ナリスさま……」

「つかまらせて」

ナリスはかすれた、聞き取れぬほどの声で云った。

「なんだか世界が――大地が揺れているような感じがする。……どうしてこんなにめまいがするんだろう。――ちょっと、つかまらせて……ちょっとでいいから……」

「ナリスさま——私などでよろしければ……いくらでも——」

レオは、手をさしだし、ナリスの手をつかんだ。それは、レオのぶこつなケイロニアの血の混じった大きな手には、女人の手よりももっと華奢に感じられるに違いなかった。

「どうして、こんなに——苦しいんだろう」

ナリスはかぼそい声でいった。その声は、まるで、幼い——四つか五つくらいの子供の困惑の声のようにひびいた。

「僕は——僕のせいじゃない。たぶん——僕のせいじゃない。それとも……僕のせいだろうか——？　僕のせいで、彼女は——死んだのか……？」

「ナリスさま——」

「僕は、二度と——」

ナリスは、立ち上がろうとした。

その足もとがたよりなくゆらめき、かれは、そのまま床にくずおれそうになった。だが、床に激突する前に、レオの力強い手が、必死にナリスを抱き留めた。

「ナリスさま！」

「僕は——向いていないんだ。こんな——こんな……ことには……どうしていいかわからない。ひとの——ひとの心なんて、どうしていいのか……どうやって——どうしてやったらよかったのか——」

「ナリスさま！」

レオは、ナリスの華奢なからだを抱き留めたまま、するどく囁いた。そのケイロニアの血を示すような青い目は、何か激しい憤りにさえ似たものにきらめいていた。

「お考えになることはございません」

レオはナリスの耳にささやいた。

「何も、ナリスさまがお考えに——お苦しみになるようなことはございません。あの令嬢は——ただの田舎娘です、ナリスさまが責任を感じられるようなことは何ひとつございません！」

「どうして——そんなことが言えるの？」

ナリスはあえいだ。そして、レオの腕から逃れたいかのようにやみくもに弱々しくもがいたが、レオはしっかりと抱き留めていた。

「僕のせいで、彼女は——僕の、僕とフェリシアの下らぬ賭けのせいで……きっと——そうでなければ、こんなに急に——」

「だとしたところで、それが何だとおっしゃるのでございますか！」

激しい声だった。

ナリスは、驚いたようにもがくのをやめ、いまはじめて見たかのようにレオを見つめた。

「わたくしだとしたら、死んだところで何ひとつ後悔など致しません！　するわけがございません」

「お……前――」

激しい、だが押し殺した声だった。長いこと、押さえに押さえた思いを吐き出すかのように、レオは、ふりしぼるように云いつづけた。

「たかが田舎貴族の令嬢が――ナリスさまのお情を受けて――たった一夜でも、彼女にとっては……天にものぼる心地だったに違いありません。――私には……私には彼女の気持のほうがよくわかります。――私だって、もう生きてはゆけぬと思うかも知れません。もう二度と――もう二度とおそばにいられぬと思ったら――もう、そのようなことがあったからこそ――おそばにあがることも、お顔を見ることも――遠くからそっと、このお優しい、お美しいお顔を見ることさえかなわぬのだと思ったら――それでも私は――それでも、どこかからちょっとでもお顔を見ることができればと思うゆえに……自ら死にはしないかもしれませんが……でも、同じことです。もう、死んだも同じです。――あまりに、望みすぎたものを――夢見過ぎていたものを本当に手にいれてしまったら、ひとはもう死ぬしかないんです。――それはでも、ナリスさまのせいではございません。私たちが――おろかな私たちが勝手に憧れ――勝手に夢み――勝手に死ぬのでございます。……ナリスさまは、何ひとつお心にかけられることはございません。ナリスさまは——どんなにでも、お好きなようになさってかまわないのでございます。——あなたは——あなたは、クリスタル公アルド・ナリス——聖王家の王子アルド・ナリスさまでいらっしゃるのですから——」

「………」

ほとんど、恐怖にかられたように、ナリスはレオを見つめた。いや、事実、恐怖にかられていたのだ。

それは、レオに（何かされる）というような恐怖ではなかった。そのような恐怖は、少しも、ナリスは感じてもいなかった。というより、そんな半端な情緒が入り込む余地がないこともわかっていた。かれは、ただ、レオの情熱それ自体が恐ろしかったのだ。

「僕には——わ、わからない……」

ナリスはしぼりだすように呻いた。

「僕にはわからない——どうして、そんな——どうしてそんな……」

「殿下は、おわかりになる必要などないんです！」

レオは、かたく目をとじた。ナリスを目の前で見ていることさえ耐えられないかのように。

「私たちが勝手に——勝手に夢見てしまうだけです！　でも、夢が現実になってしまったらもう死ぬしかないんです。私も——もうたぶん——私も——」

「どうして！」

ほとばしるようにナリスは叫んだ。が、小姓たちに聞こえるかと気づいて声を殺した。

「どうしてそんなことが出来るんだ。どうして！」

「おわかりにならないのですか」

レオは目をひらいた。その青い目は明るく、とてつもなく明るく幸せそうに燃え上がっていた。

「それが恋だからですよ！——それがひとを恋するということだからなんです」

「僕は——そんな……僕は——」

ナリスは激しくかぶりをふった。何かを目の前からかき消したいかのようにかぶりをふりつづけるかれの目から、珍しくも熱い涙がふきこぼれてきた。

「僕は——誰も——僕は、誰も——！」

「いいんです」

レオは、狂おしく、一瞬だけ、ありったけの力をこめて、ナリスのからだを抱きしめた。

「可愛いと——」

呻くように彼は云った。

「死ぬほど可愛いと思ってしまうのも——私の——私の身勝手なんですから……」

そして、彼は驚くべき、すさまじいほどの自制力で、腕をゆるめると、そのまま、ナリスをそっとソファの上にいわば安置し、そして、あとずさった。

「ご無礼を――いたしました……ナリスさま……」

苦しそうな――だが、奇妙に恍惚とした声が彼の唇からもれた。

「どうか、お許し下さい。――僭越と出すぎたふるまいの罰は――どのようなことでも、お受けいたしますから……」

「もう、いいよ」

ナリスは、啜り泣くのを隠そうとするのをあきらめた。何もかもが、十九歳のかれにはあまりにも重たく、受け止めかね、熱すぎた。

「もういいから――あっちにいっていて――僕をひとりにして、お願いだから」

「お許し下さい」

レオはかすかにつぶやくと、そのまま、出ていった。

ナリスは茫然としたまま、ソファの上に倒れ伏していた。かれは、ひとの激情に馴れてもおらず、自分のそれにはさらに馴れていなかった。というよりも、かれの持っている激しい感情というのはすべて、しだいに明確になってきた学問への執着とつよい愛情だの、それからクリスタル公としての誇りや気位や、自分自身へのようやく芽生えて定着してきた自負心だの、そうしたものに集中していたのだ。生身の、生きた人間に対する感情のほうは、かれはまだ、じっさいの年齢よりもむしろずいぶんと幼い段階に止まっている、といってもよかったかもしれないし、逆にそうではなく、もう、かれはそういうものとは縁をもたぬ方向にむかって歩き出しつつあった、といってもよかったかもしれない。

フェリシアとの関係にせよ、はじめから（遊び）であると言明しあう、かれにとっては不必要な感情的な負担や動揺を必要としないものだったからこそ、理想的に思われたのだった。ひとりでソファに倒れているうちに、すぐに涙はとまったが、かれはおのれがそのように――おのれでさえもこのような動揺にさらされるとこのように激動するのだ、ということにむしろ動転して、まだ動くこともできなかった。レオから向けられた激情もさることながら、手紙が知らせてきたクリスティアの死のほうが、じわじわと自分にはこたえてくるだろう、ということもナリスにはわかっていた。

（どうして――まだ、生きてゆかなくちゃならないんだろう……）

ナリスはつぶやいた。自分がつぶやいていることさえ、なかば意識していなかった。

（もう――疲れた。とても疲れてしまった……こんな世の中は――僕には複雑すぎる。……どこかへ行ってしまいたい。クリスタルも、パロも捨てて――誰も見知った人間のいないような――うんと遠いところ、何も――何も心を乱すことのないようなところ……そうだ、ノスフェラスのような――本で読んだノスフェラスのような、何ひとつないところへ……)

(ノスフェラスはいいな。——人間など、ひとりもいなくて——見渡すかぎりの砂漠——真っ白な砂漠——石の原、岩山——吹き渡る風……そこでは、誰も——誰も僕に……愛だの恋だの——ひとを愛することだのというたわごとを持ち込みはしないだろう……)

(もう、人間には——疲れてしまった。僕にはあまりにも、生身の《人間》は難しすぎる……もうたくさんだ。もう本当にたくさんだ——どうして、みんなこんなに思い通りにならないんだろう。どうしてみんなそんなふうに勝手な思いを僕にかけるんだろう。どうして——みんな——)

(結局のところ、みんな、《僕》というものを、本当の僕というものなんか少しだって見ることもなく……というより、本当は、そんなものに、少しも興味なんか持っちゃいないんだ。クリスティアだって——レオだって……)

(みんな、何か《僕》であるけれど《僕》じゃない——そういうものを勝手に思い描いて——そうして、そこに——自分の見たいものが、一番欲しいものが何かあるように思い違いしているだけじゃないか——夢なんて……生きた人間あいてに夢を見たって——その人間は夢じゃないんだから……どんなにひとと違っていたって、僕だってただの生身の人間だし——だけれど、皆と違うことはどうにもならない——王家の男子に生まれたことだって、第四王位継承権者だということだって——ひとよりもいろいろとたくさんのものをヤヌスの神が僕にあたえ給うたことだって……それだって、みんな——どうにもならない、僕が選んだのではないことなんだから……）

あるいは——

それは、これまでずっと、この世界の不条理とか、不合理とか、不公平な運命、というものに直面してきたナリスが、はじめて「人間のこころ」に対して抱いた不条理の念であったのかもしれなかった。

かれは、ようやくのろのろと身をおこし、なんとなくまだからだのなかにひどい疲労感と、そして一種の絶望のようなものがたまっているように感じながら、機械的に身繕いをし、テーブルの上のいつもおいてあるカラム水をとりあげて飲んだ。それが、思いがけないほど、かれに力をつけてくれたので、かれは少し和んだ気持になって、じっと、手紙箱から飛び出してソファの上に散らばっている手紙を見つめた。それは、相も変わらぬマルガからの陳情の手紙や、境界争いの訴えの手紙、ジェニュアからの寄付の依頼、外国の宮廷からの挨拶状——ばらばらとちらばっている何通もの手紙のなかには、ひとつひとつに、その数だけの事情や切望や絶望や希望が閉じこめられているようにナリスには思われた。

そして、その手紙の一番上に、クリスティアの義母、アウス準男爵夫人からの手紙が開かれたままのっていた。

(義理の娘クリスティア儀——一昨日死去いたしました——)

ごく儀礼的な文面からは、確実に半月前には存在しており、そしてナリスがフェリシア夫人のほかには実ははじめてその腕に抱き、からだをかさねた少女のその存在が、「存在しており、そして消滅した」ということを実感として感じさせるものはなにもなかった。それはごくおざなりな冷たい文面に思われ、義母が娘の死を悲しんでいるのかどうかさえ、そこからは読みとることができなかった。

(クリスティアは、もういない——)

ナリスは、その手紙を見つめながら、その思いをなんとか実感してみようとこころみた。だが、そうすればするほど、《クリスティア》という少女そのものの存在さえも、本当であったのかどうか、おぼつかなくなってくるばかりだった。

(夢まぼろしのような——か……)

(クリスティアも——僕のことを、そんなふうに感じたのだろうか? 本当に存在しているかどうかも——離れてしまえばもうわかるすべもないように……僕はここにいるのに。ちゃんと、ここにいるのに。こうして僕は実在しているのに)

(彼女にとっては——僕が彼女を抱いたことも、夢まぼろしでしかなかったんだろうか。だとしたら、彼女は——本当の《僕》を見て、受け入れることを、むしろ拒否したのだ。

——生身のこの王子アルド・ナリスよりもむしろ——一夜の夢まぼろしのほうを、信じることに決めたんだ。——もしかしたら、二度目に会ったら……僕は彼女に、遊び心で近づき、彼女の処女を奪ったことをわびて……それから何か、本当の何かがはじまるかもしれなかったのに——）

奇妙ににがい、だが奇妙にも甘やかでさえある涙が、少年の頰を流れた。窓の外にはひそやかに雨のそぼ降る豪華な室のなかで、アルド・ナリスは、ようやく、自分のかつて抱いた少女の早すぎる死に、悲哀とも、哀惜ともつかぬ涙をひっそりと流していた。

3

「しばらく、御不例であられたとうかがってましたけれど……」

フェリシアと会うのも、ほとんど二ヶ月ぶりくらいであった。

それまでは、何かというと、結局のところ三日にあげず会っていたので、そんなに間があくのはきわめてまれなことで、というか、ナリスが十六歳ではじめて、カリナエにたまたま宴があって泊まっていたデビ・フェリシアの部屋に招き入れられてから、はじめてのことでもあった。いや、フェリシアが生まれ故郷のサラミスに帰ったり、またどこかに旅行したり、ナリス自身も十八歳でクリスタル公となるまではマルガといったりきたりであったから、それまではけっこう、ひと月ほど会わないことも珍しくはなかったが、ことにナリスがカリナエのあるじとして、クリスタルをつねのすみかとするようになってからは、フェリシアもクリスタルをあまり長いことあけることはなかったし、ぐんと二人の間柄は近づいていた。ナリスもまた、新クリスタル公としての重責と、さまざまなクリスタル・パレスならではのしきたりやいろいろな慣例などに閉口していて、そういうものを苦もなくさばいている宮廷生活の大先輩たるフェリシアの知恵や慰安がとても必要だったのだ。それでこの一年というもの、フェリシアとナリスとの間柄はぐっとこまやかさを増していたのだ。

それゆえ、ナリスもフェリシアもクリスタルにいるのに、こうして二ヶ月もあいだがあいてしまう、というのは、二人の関係が始まってから、はじめてのことといってよかった。だが、フェリシアは、とにかく《大人の聡明な女》であることが最大の売り物であったから、ナリスがなんとなく気鬱で邸から出ようとしたがらないのを、無理やりに引っ張り出そうとしたり、押し掛けたりすることは一切せず、ナリスのようすはちゃんとうかがいながら、そっとしておくだけの知恵をそなえていた。

その間、フェリシアのほうとても、何分二十歳以上も年長、というひけめもある。心配でないわけでもなかったが、すでにアルド・ナリスという少年についてよく知っていた彼女は、自分が気に懸かるそぶりを見せないほうが、ナリスがたぶん早く自分のもとに戻ってくるだろう、ということもまた、熟知していた。そして、それは、まさにそのとおりになったのであった。

(この人は——なんだか、遠い旅から帰ってきたような目をしている……)

二ヶ月ぶりに、そちらから(今夜、よろしければご一緒に——)と誘いの手紙をよこして、フェリシアのクリスタル・パレスでの宿舎の近くにある、静かな庭園で会ったナリスは、かなり痩せて、いくぶん背ものびたように見えた。もともと、細身だが長身のナリスであったが、さらに背がのび、横が細くなって、いちだんと華奢になり、だが、奇妙に、少女めいたところがなくなって、いうなれば男性的になってきていることに、いかにも、そのあいてを本当は誰よりもいとおしく思っている女らしく、フェリシアはただちに気づいたのであった。

（それに、なんだか――急におとなびてしまった。この二ヶ月のあいだに、この人の魂は、どんな遠い国をさまよってきたのかしら……）

以前から、年齢のわりに老成したような落ち着いた冷静な物腰を誇るナリスではあったが、どこかに憂いを秘めた、かげりあるまなざしを持つようになったかれは、すでに十九歳の少年、というにはあまりにも深い、何か奥深い世界とひとの魂の秘密を知ってしまった者のように――この二ヶ月で十歳も年をとってしまったようにさえ見えた。

もともと白い顔がほとんど青白くなり、頬の肉が落ちて、少年らしかったさいごのふっくらとした輪郭までも引き締まってしまっていた。黒いゆったりとした絹の服に身をつつみ、長い黒髪を無造作に背のうしろでゆるやかにゆわえ、胸に大きな水晶のまじない鏡をつけたまじない紐をかけているかれは、いかにも高邁な研究に心を奪われて俗世のことなどすべて関心を失ってしまった学究のように、また世を捨てて人里はなれた聖地にこもる日を待っている清らかな若い僧のようにも見えた。普通からみれば、いっそう（近寄りがたい感じ）が強まった、とも、いっそう神秘的になった、とも見えたに違いない。

「不例、ということもないんですけれどね。――ただ、いろいろと考えることや……物思うことが多くて、それにちょっとまとまった書き物をしたかったもので……」

ナリスは穏やかに微笑んだ。いつも、フェリシアの前だとことさらに大人びてふるまおうとして、かえってそのりきみが背伸びを感じさせていたかれであったが、いまは、ごく自然に、まったく年齢の差など気にもとめないふうにおだやかに話すようすが、かえってとても大人っぽく見えた。フェリシアはいくぶん鼻白んだが、気圧されまいとした。

「そうでしたの……」

「貴女はおかわりなく――いつもあでやかで、お美しい。……いつもながら、華やかな恋の女神そのもののようだ」

「いやですわ、あなたが、そんなことを。いまさら何をおっしゃるの」

「本心ですよ」

ナリスは苦笑した。自分ひとりの、心の奥底にひろがる深い湖に、さざなみさえもたつことはない、とでもいうかのように。

「あの――」

フェリシアはなんといっていいか迷った。それから、ためらいがちに云った。

「その——お考えになることや物思いは……あの例の賭けと、関係がございましたの……？　あの令嬢、自殺したそうですのね」

「なんか、そのようでしたね。気の毒なことをした。——まあ、私がおのれの無知や無謀や、性格の欠陥のために知らずして犯してしまう罪はそれが最初でもなければ最後でもないと思うけれど——後悔していますよ。貴女の挑発に乗ったりしたことを。でも、最終的には、それは彼女自身が選んだ運命でしょうし——私がどうしてやることもできなかったわけだし」

そのことばは、あまりにもなめらかに云われたので、フェリシアは愕いた。それほど、もうナリスがその問題を超越している、とは思ってもみなかったのである。アウス準男爵の令嬢クリスティアが、クリスタルでの地方貴族懇親舞踏会から帰ったあと、ずっと気鬱の病でいて、そしてひっそりと縊死をとげた、という話は、フェリシアはもうとっくに知っていたし、それはクリスタル・パレスではけっこうな話題を呼んでもいた。

こうしたことは、口さがない宮廷すずめたちのあいだでは、隠し通そうとしても出来るものではなく、ナリスが気まぐれから「あの舞踏会で一番ぱっとしない令嬢に声をかけて、簡単に落としてしまった」——そして、その「一番ぱっとしない令嬢」は、国もてに戻ってから、その一夜の夢を永遠にするためか、それとももっとずっとロマンテイックでない——妊娠したためか、それとも二度とナリスに相手にしてもらえないだろうということを絶望したためかはわからないが、気鬱の病でずっとうち沈んでいたが、ある日自室で首をつって死んでいた、というのは、もう、たいへんな話題になってしまっていた。

そして、そのようなことをナリスがしでかしたのが、（またしてもあの悪女のフェリシア夫人が、「それならこの舞踏会で一番ぶさいくな令嬢をものにしてごらんなさい」と面白半分に自分の年若い愛人をけしかけた）ゆえだ、ということもとっくに話題になっていて、むろんこれにはずいぶんとさまざまな誇張もあれば嘘もあったが、しかし、この話は、《稀代の悪女》であるフェリシア夫人、という女性のイメージにもよくあっていたし、そしてまた、アルド・ナリス、という、これまた稀有な美青年に対してクリスタル・パレスのものたちが抱いていたひそかな期待にもあてはまっていたのだろう。

国王夫妻はきわめて真面目であり、子供たちはまだ幼く、そしてベック公ファーンもごく真面目な堅物の武人であったし、マール公も生真面目であったから、その意味では、せっかく非常な美貌の家系でありながら、聖王家の一族は、《面白み》というものには欠ける人々であった。

国民などというものは、国王一家はあまり不真面目であってもらっては困るが、といって王族のすべてがひたすら国民の模範になるように真面目で清廉潔白でも、「面白くない」とひそかに考えるほど身勝手なものなのである。それゆえ、かれらの期待は、若く、独身で、神秘的で、しかも何かと素行が派手で話題をまいていたアルシス王子の遺児であるアルド・ナリスに集中していた。かれらにとっては、アルド・ナリスが多少なりとも「悪いやつ」であり、「遊び人」であり、「酷薄に、おのれの美貌に惚れ込む宮廷女性たちを食い荒らして捨ててゆく魅力的な悪漢」であってくれたほうが、宮廷生活の楽しみがふえる、ように思われていたのだ。

かれがどんな王族に育つのだろう、と皆が注目していた、十八歳のさなかに、ナリスは、父の愛人であったフェリシア夫人を射落とす、という一種の英雄的な行為をやってのけ、一躍宮廷の「いろごとの英雄」に名乗りをあげたのだった。そういう浮き名があればこそ、姫君たちが「我こそ」と気負い込む対象にもなったし、それによってクリスタル・パレスはいよいよ浮き立つ、という、そういう仕組みになっていたのだ。だから、むろん真面目くさった老貴族や老貴婦人たちは眉をしかめて、「クリスタル公の不行跡」と、「それをそそのかす宮廷の魔女デビ・フェリシア」を批判したけれども、若いものたちには、それはなかなかに魅惑的な逸脱行為だった。それにアウス準男爵、などという名前は、ほとんど中央の貴族たちは誰も知らず、その令嬢のこともみんな覚えていなかったので、それはまったくただの「浮き名儲け」のようなものであり、令嬢を気の毒だと思ったり、令嬢とその一家に味方するものなどいはしなかった。というより、むしろ必要以上にクリスティアのことを「ふためとみられないほどぶさいく」だとか、「あのナリスさまとではあまりにつりあわない醜婦」だったそうだとか、面白可笑しく話を誇張する悪い宮廷すずめのほうがはるかに多かったのだ。じっさいにはクリスティアは美人とはいえないまでも、清楚で好感のもてる少女であったが、それよりも、宮廷すずめたちにとっては、「光り輝く絶世の美男子」である若い公爵と、身分的にも比較にもならない田舎むすめの不細工なおどおどした少女、という組み合わせのほうが、はるかに面白かったのだ。

ナリスはひきこもっていたからそういううわさ話の渦などにはまきこまれなかったし、むろん宮廷すずめたちもナリスの前で直接ほのめかすような勇気はなかったが、フェリシア夫人のほうは、「ひどいことを」とあてこすられても、婉然と微笑むだけで、あえて自分をも、ナリスをも、またクリスティアをも弁護しようとも、皆に本当のことを云おうともしなかった。彼女は所詮宮廷女性であり、そうやって、長年クリスタル宮廷を泳ぎわたってきた古強者であった。そのおのれの生き方を、間違っている、と感じたことも、不幸だと考えたこともなかったのだ。また、それしか、彼女には生きようもなかったのも本当であった。

「それは、でも、本当におっしゃるとおりですわ。彼女は何も死ぬ理由なんかありはしなかったんだし、それに――」

いくぶんほっとして言いかけるフェリシアを、おだやかにナリスはさえぎった。

「彼女の話はやめましょう。——たぶん貴女には、きっと彼女のことはおわかりにならないと思うし——それは私にしてもそうだし。結局のところ、ひとが本当にどう感じていたか、などということは、他人はわかるものではないんですね。——なにも、私がクリスタル公だから、あるいは聖王家の高位の王位継承権者たる王子だから、だから特別で、だからひとが私のことを理解しない、というだけではない。——ひとというものは、生まれおちてこのかた、結局のところ孤独で——そして、誰も本当はひとのことなど、理解できないし、しようとも思っていないものなんだと思いますよ」

「ま……」

フェリシアは、なんと答えてよいかわからなかった。

いくぶん不安になって彼女はじっとナリスを見つめた。なんとなく、二ヶ月会わなかったあいだに、ナリスが、まるきり見知らぬ人間になってしまったような恐怖のようなものを感じたのである。

「怒って——気分を害していらっしゃるんですの」

怨ずるようにフェリシアはいった。彼女は気づいてはいなかったが、彼女がそのように、普通の年長の愛人に対するように、甘えるような、した手に出た物言いをするのは、ナリスとのつきあいがはじまった三年でこれがはじめてであった。彼女は、いま、自分が二十歳以上も年下の愛人を、はじめて、「彼女が手ほどきをした何もしらぬ少年」としてではなく、おのれの「いつ捨てられるかも知れぬ気まぐれな神秘的な恋人」として扱っていることに、自分でも気づいていなかった。

「わたくしは確かにとても考えなしなことをナリスさまにけしかけましたわ。——それは反省しています。でも……」

「反省など、なさることはない。あなたには似合わないし、それに、あなたにはきっとわからないでしょうし。——彼女がなぜ、自殺などということをしたのかは。それはもちろん私にもわかっているとは言えないですしね。……ひとのしたことを、あとからあれこれおもんぱかるのは簡単ですが、そうしたからといって、ひとを理解できはしない、私はこの二ヶ月でそういうことを学んだつもりです」

「まあ……」

フェリシアはさらに不安になった。そして、そっとすり寄って、ナリスの神をとらえ、そっとかれの肩に頭をおしつけた。

「わたくしを、捨てないで」

甘えるような、すがりつくような声でフェリシアはささやいた。

「わたくしはもう——本当に、あなただけを愛しているんですわ。もう、降参します。何もかも武器をすてて、あなたのもとに下ります。——わたくし、あなたに夢中なんですわ……あなたがいなかったら、生きてゆけないくらい。あなたに冷たくされたら、死んでしまう。――この二ヶ月、あなたが、あの令嬢のせいでわたくしに愛想をつかしてしまわれたのではないかと、生きた心地もしなかったんですのよ。幾晩も、枕を涙で濡らしながら眠りましたわ」

「……」

「むろん、他の男性となんか、一度も――この二ヶ月のあいだ、寝るどころか、どこかに一緒に出かけさえしていません。わたくし、ゼアの尼僧のように暮らしていましたのよ。あなたのことばかり考えながら。ゼアの神殿におこもりでもしているかのように」

「ひとは、自由には時として結局のところ、自ら耐えられなくなる動物であるらしい」

ナリスは奇妙な微笑をうかべた。

「自由であるよりは、いっそ自分から檻のなかに入ることを好む、そういうところがあるものであるらしい。……何も案じることはない。私も貴女が好きですよ、フェリシア。貴女との関係を断ち切ろうなどと思ってもいないし、貴女が下さるものはいつも私にとってはとても貴重な――得難い教訓や勉強になる人生の断片ばかりで」

(僕――ではなく、私、とお話になるようになりましたのね……)

フェリシアは奇妙なことに気づいて、そっと首をふった。

「まるで哲学者のようなことをおっしゃる。――でも、あなたが何であってもかまいませんわ。象牙の塔の哲学者でもなんでも。わたくしにとっては、あなたはたぶんわたくしの一生のさいごの恋人だし、これはわたくしの——恋多い、いろいろな男を愛し愛されてきた人生のさいごの恋なんだということが、この二ヶ月のあいだで、つくづくわたくし、わかったんですの。——だから、いずれはあなたはお身にふさわしい、年齢的にもつりあった姫君をめとられるのでしょうけれど、そのときには、いつなりと身をひくつもりもできていますし——でも、それまではあなたにとって、私よりずっと大切なかたが出来てしまうまでは、つねにおそばにいたい、遠くからでもいいからおそばにいたい、とそう思っていますの。——あなたがもし、どなたかと——それこそ、一番順当にゆけばリンダ姫とでも結婚なさったあかつきにも、わたくしが遠くからあなたを愛していることだけはどうぞお許し下さいね。わたくしのこの愛情はもう終生、変わることもないと思いますから。たとえあなたが拒まれたとしても」

「リンダね」

苦笑して、ナリスはつぶやいた。

「彼女は美しい娘になるのでしょうね。——それに活発で明るい。でも、とにかく、まだあまりにも幼いし、このさき知らなくてはならない人生の苦衷があまりにも多すぎる。彼女がこの先どんなふうにして人生というものを学んでゆくのかと考えると——若い、などということをいったい誰が祝福だと思ったのだろうと云いたくなりますね。——そんなふうにおっしゃらなくても、私は貴女のものですよ、フェリシア。貴女から離れる気もなければ、貴女を捨てる気もない。何をそんなに不安がっておいでなんです。貴女は私にとってつねに、最愛の女性ですよ。本当に」

（でも――でも、愛している、とは決しておっしゃって下さいませんのね……）

フェリシアは、のどもとまでこみあげてきたことばを飲み下した。それは彼女の聡明さでもあった。

「たとえ、あなたが誰かを愛してしまうことがあったとしても――」

フェリシアは云った。その豊麗なおもては、なんとなく、奇妙に物悲しそうにみえた。

「それもまた運命だと――アウス準男爵令嬢を襲ったのと同じ運命の気まぐれだとわたくしは諦めるでしょう。――こうして、あなたと――あなたのようなかたと、あなたが人生を知りそめる最初から、ずっとしばらくでもご一緒にいられたし、まだいられるのですから、わたくしはそれだけで充分すぎるほど、女として幸せですわ。――アウス令嬢のことは、おいやならもう口にしませんけれど――でも、彼女の気持は、信じていただけないかもしれないけれど、なんとなく見当がつくような気がしますのよ。どうして彼女が死ななくてはいけない、と決めたのかも、なんとなくですけれど、わかるような気がします。――そういっても、きっと信じていただけないんでしょうけれどね。――彼女はあまり美人じゃなかったかもしれないし、田舎の令嬢だったかもしれませんけれど、わたくしは、あなたより二十歳も年上なんですわ。あと十年たったらあなたは男盛りの光り輝くような二十九歳の美青年の大貴族におなりで、わたくしは――わたくしのことは考えたくもありません。老けて、誰からもふりむいてもらえないおばあさんになってしまうのかしらね？　わたくしが、そういう不安を感じたことがない、とお思いになった？　女なら誰だって、宮廷の舞踏会に入っていって、誰からも見つめてもらえないときがくることを考えるものですわ。最初からあまり美しくなければ、かえってそれで幸せ。美の女神だの、サリアの申し子だの、愛の妖精だのと、さんざんちやほやされ、男たちのあこがれと崇拝のまなざし、欲望のまなざしをあび、しつこく言い寄られ――いい気になってひじ鉄をくらわせたり、うぬぼれたりして――それから、絶対に若いときの自分ほどきれいではないと思うのだけれどいまのわたくしより二十歳も三十歳も若い令嬢たちがまたそうやって、若い男たちにちやほやされ、『あなたほどお美しいかたは見たことがない』とか『あなたこそこの宮廷に咲いた新鮮なアムネリアの花ですよ』などと云われているのをただ、かたわらで眺めていて――もう、枯れてしぼんでしまった花、用のなくなってしまった花として扱われる――愚にも付かない、ほんとに大したこともないような男にまで軽くあつかわれ、『ばばあじゃないか！』と――『さしもクリスタル宮廷のサリアと呼ばれたデビ・フェリシアも年齢には勝てないよな！』と陰口を、いいえ、時には面と向かってひやかされるということが、どんなことか……わたくしがもし、いまこのときになって、はじめてあなたとそうなったとしたら……」

「……」

「わたくしもまた、アウス令嬢のように、もう二度とないその一夜を永遠に記憶のなかにとどめておくために、いっそこの地上からこのわが身を消してしまおうかと思うかもしれませんわ。――いいえ、きっとそうすると思います。本当に、信じて下さらないかもしれませんけれど……あなたを遊び心とお恨みするのでもなく、あなたの薄情けに傷ついてでもなく、おのれのしでかしたことの愚かしさに後悔してでもなく……あなたは、ひとは理解できないとおっしゃいましたけれど、女なればこそ、同じ女の気持を理解できる、ということもございますのよ。――彼女は美人ではないし身分の低い田舎娘でしたけれど、わたくしはずっと年上であなたよりずっと先に老婆になってしまう身。――ひけめのある女にとっては、恋は……いのちをかけてもちっとも悔いないようなものなのですわ」

「……」

「信じていらっしゃいませんの？」

「いや」

ナリスはものうげに云った。その美しい顔は、苦笑とも、苦痛とも、はたまた倦怠ともなんともつかぬ奇妙な微笑にかげって、いちだんとものうく、そしていちだんと妖しくさえ見えた。その何を考えているのかわからぬ不思議な微笑は、かつてのナリスがまったく持っていなかったものに違いなかった。

「信じますよ。――そして、たぶんそういう恋愛感情というのはきっと、選ばれた幸せな人々の特典なんだろうということも、いまは思っている。――ひけめのある女にとっては恋はいのちだ、と貴女はおっしゃる。――私にとっては、きっと一生理解できないものかもしれませんね。恋をしたことがない、と貴女にいわれて向きになるなんて、私もずいぶんとおとなげないことをしたものだと思います。……その結果については、いまさらもうべつだん悔いることもしませんが、すんでしまったことですからね――ただ、自分のたぶん一生知らないであろうそういう熱情を、知っている貴女たちをむしろ、羨ましいと思いますよ。――私は、きっと、そういうふうには恋をしません。一生、ずっとね。たとえ結婚しようと、あるいは愛人を作ろうと」

「……………」

「だからといって、それはひとを愛せないということじゃない。――私なりのひとの愛し方、というものもあるのだと思います。私の心は熱情を知らないわけじゃないが、それは学問やこの世の神秘や――もっと深く高いこの世の秘密にひたすら向けられてしまっている。たぶんそういう男もいるんですよ。だからといって、どちらがいい、悪いということにはならない。私はもう、貴女の挑発には乗らないでしょうが、だからといって、私が誰も愛していないということじゃあない。私は、貴女やクリスティアのような愛し方はしないし、いまも、そしてこれからもね——そうやって誰かを追い求める熱情は知らないけれども、優しい気持もひとをいつくしむ気持もあるし、その思いでもって、つねに貴女を変わらぬ敬意と愛情で愛していますよ、フェリシア。貴女はいつも私にとても必要なものを下さるのだから。——こういう愛情のほうが、むしろ、不変の信じられる金剛石のようなものだと思うのですけれどもね、私は」

(でも、それでは女はいっそう苦しくなるばかりですのよ!)

フェリシアは、そういいたいのを、ぐっとくちびるをかみしめてこらえた。そして、ひどく遠く見える、すぐかたわらにある青ざめた美しい顔を見つめた。おのれがなんでそんなに悲しいような気分がするのか、彼女にはよくわからなかった。

4

「遅くなったね」

ナリスがフェリシアの館から出てきたのは、その夜遅く、もう深更をまわってからであった。忠実な従者が、馬車をまわさせるために、ひっそりと待っていた。その日の当番は、たまたま、レオであった。

フェリシアは久しぶりだし、もう遅いので泊まってゆくようにと勧めたのだが、ナリスは「読みたい本があるので……」とことわって、深更にフェリシアの宿舎を出たのだった。クリスタル・パレスでもはずれに近いこのあたりは特にひっそりとしており、かれが朝帰りしようと、深更に貴婦人の部屋から出てこようと、見とがめるものはない――はずだった。もっともそのわりには、宮廷すずめたちは、そうしたいろごとの動静に実に詳しく、まるで監視係でもこのあたりに忍ばせてあるようだったのだが。

「――お馬車を回して参りますので、少々、お館にお入りになってお待ち下さいませ」

レオは伏目のまま云った。ナリスは首をふった。

「もう、中に戻るのは面倒だ。ここで待っているよ。どうせすぐなのだろう」

「でも、お危のうございますよ」

「大丈夫だよ。ここははずれとはいえクリスタル・パレスのなかだ。パロは平和だ——私を暗殺しようなどというものはいないよ」

「御冗談にしても、そのような恐しいことをお口になさいましては」

レオは云った。そして、一礼して、なるべく早く馬車を回させようと、走っていった。なにぶん、愛人の女性のもとにお忍びでゆくような場合であるから、通常ならばそれこそ護衛の騎士たちに守られてしか移動しないクリスタル公といえども、最小限の連れしか連れていなかったのだ。レオのほかには、御者と、そして供回りの小姓がひとりいるだけであった。小姓もずっと待っていたので、あくびばかりしていて、眠そうであった。

「遅くなってすまないね、ユアン。もうすぐ、寝床で眠らせてあげられるよ」

「あ、い、いえ、申し訳ございません」

ナリスが笑いながら小姓に話しかけたときだった。

「クリスタル公、アルド・ナリス殿下……」

低い声をかけると同時に、目の前の、大きなマウリアの木のしげみのかげから、すいとあらわれて膝をついたひとかげがあった。

はっと小姓のユアンが刀に手をかけたが、ナリスは制した。相手が、いたって尋常なものごしに見えたからである。

「誰？」

「ずっと、この手紙をお渡しできる機会をうかがっておりました……」

あらわれたのは、大柄な、南方系らしい浅黒い、髪の毛を短くかりあげ、黒い胴着をまとった近習ふうの男だった。どこかで見たような、という記憶もナリスにはなかった。

「お前は？」

「これを……どうぞ、お読み下さいませ」

男は、ふところから、一通の、なめし皮の手紙巻きに大切そうにくるまれた封書を取り出した。片手でささげるようにして、膝をついたまま差し出す。

「誰からの？」

「もう、お忘れかと存じます。──カラヴィアの──ルーランのアウス準男爵令嬢クリスティアさまからの……最後に、これをナリスさまに、とおっしゃいまして……私はクリスティアさまの近習、ダニームと申す卑しい下男でございます。……なんとか、直接ナリスさまにこの遺書を──クリスティアさまのご希望のとおり、直接お手渡しできるようと思いまして……この二ヶ月のあいだ、ずっと……ありとあらゆる手だてを尽くしてこの機会をお待ちしておりました」

「クリスティアの？」

ナリスはいくぶん眉をひそめてそれを受け取ろうと足を踏み出した。

刹那であった。

ダニームは片手に隠し持っていたものを引き抜いた。それは、カラヴィア特有の半月形にまがった蛮刀であった。

「死ね！　クリスティアさまの仇！」

ダニームは蛮刀を腰だめにかまえて突進した。遺書が落ちた。

ユアンが悲鳴をあげた。ナリスは声もあげずにダニームの突進をかわした。ダニームはたたらをふみ、また向きをかえて、ナリスめがけて蛮刀をふりかぶった。ナリスは腰をさぐった。が、お忍びで愛人のもとへ通うだけのひそかな外出だ。レイピアを肌身はなさずつけている習慣は文人の業務のほうが多いナリスにはまだなかったし、あいにくとまた今夜は短剣ひとすじ帯びていない。

「ナリスさま！」

ユアンが悲鳴をあげて腰の剣をひきぬいた。

「ユアン、私に、お前の剣を！」

ナリスはうろたえたようすも見せずに叫んだ。ユアンのほうが逆上していた。ナリスの声もきかず、必死におのれが斬りかかろうとする。だがダニームの剣技のほうが数段上だった。たちまちユアンの手から、ダニームの蛮刀にはじきとばされて剣は生け垣の中へはねとばされた。ユアンは手から血をしぶかせ、悲鳴をあげて邸のなかへ助けをもとめに駆け込んだ。

「よくもクリスティアさまを弄んだな。人非人め！」

ダニームは、二度、三度と蛮刀をふりおろした。そのたびに、ナリスは紙一重でひらり、ひらりと身をかわした。まだ、ナリスは落ち着いていたし、ダニームの剣の腕前のほどもおおむね見当がついたので、身を守る剣がない、という圧倒的な不利があってさえ、顔色も変えていなかった。邸のなかにあかりがつき、あわただしい気配がおこっていたし、だが、このフェリシアの宿舎があいにくとフェリシアと侍女たちだけの、女性ばかりであることもわかっていた。

（あの剣――あれさえ拾えれば……）

ナリスは、横目で、さきほどユアンがはねとばされた剣の行方を探った。それは門の横の生け垣のあいだに落ちており、とろうと手をのばせば取れそうだったが、そうしているあいだに、間違いなくダニームの切尖がふってくるだろうと思われた。

（何か……）

ナリスはあたりに目をくばった。そのとき、再び、ダニームが剣をかまえた。

「よくも――よくも俺の愛しいクリスティアさまを！　この鬼め！」

突進してくるダニームの剣先をかわしざま生け垣の下に手をのばせないかと、ナリスはすばやく身を低くした――その瞬間、長い上着の裾が、足にひっかかった。

「あっ！」

ナリスがはじめて叫び声をあげた。そのまま、かれはダニームの剣から、地面にころがってかろうじてのがれたが、ダニームは勢いづいて剣を逆手にかまえ直すなり、繰り返しナリスのからだを突き刺そうと狙ってくる。剣がナリスの腕をかすめた。ナリスの手は、だが、かろうじてユアンの剣にふれていた。

それをこちらに引き寄せようと体をひらいた瞬間に、ダニームが剣をふりかぶった。

それが振り下ろされたとき。

ひとのからだが、剣に突き通されるにぶい音がひびいた。

「レオ！」

ナリスは叫んだ。もう抜きあわせるのも間に合わないと見たレオが、捨て身でダニームの剣とナリスのあいだに飛び込んだのだった。ダニームの蛮刀は、レオの胸深く突き刺さっていた。

ダニームはうろたえて蛮刀を抜こうとした。だが、それはレオの肋骨のあいだに深々と突き刺さっていた。レオはおのれに突き刺さっている蛮刀の柄をつかんだ。ダニームが飛びすさった瞬間、ユアンの剣をつかみとったナリスがそれを思い切り横ざまになぎはらった。レイピアの魔術師とうたわれた剣技の冴えをみせて、ナリスの一閃はもののみごとにダニームの胴を切り払っていた。

ダニームは獣のような絶叫をほとばしらせ、切られた胴からどっと血をほとばしらせながらうしろにはねとび、石畳に叩きつけられた。扉があき、フェリシアの侍女たちが金切り声をあげはじめる。

「静かに！」

ナリスはびいんと響く声で怒鳴った。

「騒ぐな。それより医師を呼べ。私の近習が刺された。落ち着け、私はなんともない」

「ナリスさま！」

フェリシアがあわてて夜着を着直して玄関に飛び出してくる。ナリスはそちらをふりむこうともしなかった。

「医師だ。早く」

厳しい声で叫ぶなり、ユアンに「騎士宮かランズベール城へ馬をとばして騎士の小隊を一個出してもらえ」と命じる。ユアンがへっぴり腰でかけだしてゆくのを見送り、ナリスは冷静な物腰でまずダニームが絶息したのを確かめた。

「ナ――ナリスさま！」

「落ち着いて下さい、フェリシア。私はかすり傷しか受けていないし、他に襲撃者がひそんでいるというようすもない。この男は、例の令嬢の従者で、たぶんあの令嬢を愛し

ていたのだろう。そんなことより、私の近習が刺された。中に運び込んで、手当を。医師がつくまでのあいだに、とりあえず応急処置を、早く」

「は――はい！」

フェリシアはさすがに他の年若い侍女たちのようにうろたえて泣き叫んでいたりしなかった。突然の椿事にうろたえてどうしてよいかわからぬように泣きわめいている侍女たちを叱咤し、ただちに湯をわかさせたり、布をもってきたりするよう、命令しはじめる。ナリスは、レオに駆け寄った。

「レオ。動くな」

「ナ――ナリスさまは……ご無事で……」

「ああ、私は無事だ。お前が楯になってくれたおかげでなんともない」

「よろしゅう――ございました」

レオは喘いだ。その胸にはまだ深々とダニームの蛮刀が突き刺さっていた。レオは手をあげ、おのれの胸に突き刺さっている刀を抜こうと柄をつかんだ。

「動くな。――駄目だ、抜くといっぺんに出血するぞ。抜いては駄目だ。いま医者がくる、待っていろ」

「いえ……」

レオは激しく喘いだ。そして、一気に蛮刀を引き抜いた。

噴水のように、せきとめられていた鮮血がほとばしった。ナリスはそれをよけようともせず、おのれの上着をぬいで傷口におしあてようとしたが、手のほどこしようもなかった。

「馬鹿、抜いてはいけないといっただろう！」

「いえ――いえ、私は――もう……助かりませんから……」

レオはかすかに笑おうとした。その顔は、あの、かなり痩せて精悍になったときよりもさらにやつれて、頬がこけてしまっていた。

「それに……私は――ナリスさまさえ……ご無事ならばもう何も――ナリスさまのおために――お身を守るためにいのちを捧げる――のが――私の最大の夢――でしたから」

「喋るな。もう、わかった。お前の気持もわかったから、とにかく、中で、手当を」

「お手当は無用にお願いします」

ひどくはっきりとした声で、レオはいった。そして、苦痛を堪えながら目を開き、ナリスをいとおしそうに見つめた。

「戦場で……ナリスさまを……お守りして……お身代わりとして死にたいと……ずっと思っていました……でもいまは平和で――ずっと、毎日……おそばにいながら――いつかはこのまま……この想いのあまり死んでしまうだろうと……でも、思いもかけず……その男のおかげで夢がかない――ました。私は幸せ者で――」

ことばがとぎれた。レオは、なかば目を開いたままこときれていた。

誰かが悲鳴をあげた。侍女たちの誰かであるらしかった。

「ナリスさま！　怪我人を中へ運んで――」

走り出てきたフェリシアが、悲鳴をあげた。

「ナリスさま！　血まみれでいらっしゃる！」

「心配するな。これはレオの血だ」

ナリスは答えた。そして、静かにレオのからだを地面におろすと、その上に自分のぬぎすてた上着をかけてやり、立ち上がった。

「私は大した怪我はしていない。腕をかすっただけだ。――もう、医師を呼ぶ必要はない。この男を――そちらの男も、中に運んで、玄関にでも……気味が悪くていやかもしれないが、何か布でもかけて、騎士宮から引き取りにくるまで、そっと安置させておいてやってくれ。――邸が血で汚れるのが気になるようなら、玄関先に布団でももってきて、寝かせておいてやるがいい。――この近習は、私がのちほど、カリナエからひきとりに来させる。――とりあえず、私はカリナエに戻らなくてはならぬ」

「は――はい」

フェリシアは、またしても、初めて見たものをでも見るように、ナリスを見つめていた。

「はい。――はい、公爵閣下」

「何も騒ぐ必要はない。その男は――カラヴィアのアウス準男爵の身内のようだ。クリスティア令嬢の自殺について、私をさかうらみして、このような愚挙に出たとはっきりと云っていた。愕くにはあたらぬ。私は無事だし、この男の気持はわからぬわけでもない。この男はクリスティアを愛していたのだろう。――レオには気の毒なことをした。丁重に葬ってやらねばならぬ」

「ナリス――さま……」

「また、連絡します。――ともかく、いまは、私は、カリナエへ向かうので。……二人の死体については、すぐにでも騎士宮の騎士たちがくるはずだから、かれらにしかるべく」

「ナリスさま――そんなに、落ち着いていらして……」

フェリシアは、むしろ、心細そうに、うめくように云った。

「せめて、その――お腕のお傷だけでも……お手当させて下さいませ……でないと、わたくし――」

「私は、武将でもあるんですよ、フェリシア」

クリスタル公は、髪の毛を長々とといたまま、化粧もおとして、白い長い夜着に身をつつんだ愛人に、無表情な黒い瞳を向けた。

「クリスタル公は文官であると同時に最高位の武将でもある、文武の双方の、パロの最高司令官でなくてはならぬ身分ですからね。——パロが戦場になれば、私が司令官として聖騎士団の指揮をとる。——常日頃から、武人としての心構えも、訓練も出来ている。このくらいの傷は、なんでもありませんよ。カリナエに戻ってから消毒しておきます」

「そ——それはそうですけれど……」

「行くぞ」

ナリスは、もう、レオのほうも、ダニームのほうも——フェリシアにも、振り向こうともせずに、レオが小道のはずれに待たせたままでこちらに飛び込んでくるあいだ、茫然と立ちすくんでいた御者に声をかけた。

「何を仰天している。もう、万事すんだ。とにかくカリナエに戻る。後始末はそれからだ」

「は——はッ……」

あわてたように、御者が飛び降りて扉をあける。ナリスは、上着をレオの遺体にかけてやった軽装のまま、ひらりとステップに足をかけ、馬車に飛び乗った。御者が扉をしめ、急いで御者台に這いのぼる。

「ナリスさま！」

フェリシアが鋭い声をあげたので、ナリスは何ごとかと馬車の窓をあけ、青白い顔をのぞかせた。

「これ――これは……？」

フェリシアの指さすさきにころがっていたのは、ダニームが最初にさしだした、手紙巻きからこぼれおちた一通の封書であった。

「クリスタル公アルド・ナリス殿下御許に」ときれいな女らしい筆跡で書かれているのが夜目にもはっきりと目に入る。

「ああ」

ナリスの青白いおもてには、何の表情も浮かばなかった。

「それは、クリスティア嬢の遺書だと思います。――その男が、それを私に渡す、というのを口実に、私に近づこうとねらっていたようです」

「まあ……」

フェリシアはふるえながら、そっと近づいていった。それはあまりにも、むざんな二つの死体に近すぎるように思われたし、また、そのへんは二人の死体から流れ出すねばした血で、血の海と化していたのだ。彼女は白い夜着をおそるおそる持ち上げながら、それを血の海のなかから拾い上げようとしてためらった。

「これを――どう……なさいますの……？」

「どうとは？」

ナリスのおもてがかげった。フェリシアは、まるで、ナリスを恐れてでもいるかのように、伏し目がちにナリスを見た。

「このままに……なさいます——の？　あのお嬢さんの——さいごの……思いのたけをつづったものなんでしょう——？」

「それを私が読んで——それで、どうなるというのです？」

ナリスは無表情にいった。

「思いのたけ——そうかもしれない。だが、彼女はもうとっくに死んでしまったのだし——そうである以上、彼女がどう思って自死を選んだにせよ、またその遺書に並べてあるのが、うらみごとであるにせよ、それともそれこそ貴女のおっしゃるその『思いのたけ』であるにせよ——それを、私が知ってあげたところで、もう彼女には届かない。そうではありませんか？」

「そ——それは……そうですけれど……」

「いまさら、それを読んで、私が心を乱されてあげたところで、彼女が帰ってくるわけではないのだし」

ナリスは、ほとんど酷薄と聞こえるような口調で淡々といった。

「それに、それが本当に彼女の手になるものなのかどうかも、知れたものではない。そういっていたのは、その死んだ男だけですからね。——のちほど、必要があれば、近衛兵がそれを押収して調べ、内容に問題があればカリナエへそれをいってくることになるでしょう。――そうでなければ、それはもう、灰にかえしてやったほうがいいのではないかな。そうは思いませんか。フェリシア」

「私は――」

フェリシアは半ば茫然としながら、ことばを探した。

だが、彼女の前で、何か、これまではなかったような扉が出来、そして、それがしずかに、だが断固として閉まってしまったような感じは、どうすることもできなかった。

「私は――ただ……」

「それに、それがもし本当にクリスティアの遺書だったとしても、私には、それをどうしてあげようもない。――供養が必要なら、それを貴女がサリアの神殿にでもおさめてあげて下さってもいいが――私は――」

ナリスは、ちょっと頭をかしげて、肩をすくめるような動作をした。そして、静かに馬車の窓が閉まった。

「馬車を出してくれ」

声をかけられて、御者はムチをふりあげた。フェリシアが何かいうひまもなく、馬は石畳をふんで走りだした。クリスタル公の紋章を扉に打った馬車がかつかつと石畳にひずめとわだちの音を鳴らして遠ざかってゆくのと入れ替わりのように、近衛騎士団の一隊がこの一画に飛び込んでくる。真夜中だというのに、あでやかな真紅の肩章と胸帯がさえざえと目にたつきちんとした姿であった。

フェリシアは血の海のなかにころがる、かえりみられもしなかったクリスティアの遺書を見下ろしたまま、胸にあふれてくるあまりにも複雑な思いを抱きしめて、茫然と立ちつくしていた。

遠ざかる馬車のなかで、だが、ナリスは、まったく無表情のままであった。窓を閉めてしまった馬車のなかで、近習も小姓もおらず、誰も見ていないのに、まるで彫像のように美しく、無表情に、かれはまっすぐに頭をそびやかしていた。

(レオ)

かれの目はかわいたまま、近習の死をいたむためにうるむこともなかった。その深い夜の色の瞳は、馬車の行手の空にひろがる深い闇よりもなお深い闇をやどし、永劫の孤独とさえいいたいような、《選民の孤独》と、怒りにさえ似たものを宿して深く静かだった。

(馬鹿なことを。——誰かの身代わりに死にたいだの……その一夜の夢のために死にたいだの、お前たちのしていることは——することなすことは、みんな——みんなただの自己満足にすぎないんだ。——私は、そんなのが本当の愛だなんて——それが、熱烈な献身的な恋情だなどと、決して認めない)

(はじめは、私も——お前たちのその情熱にだまされていた。だけどいまは——いまはわかる。お前たちは、身勝手なだけだ。……お前たちは、誰も、わかろうとしない。——遺されるものの孤独も、愛される者の苦しみも。——そうして、愛し愛されるということを断固として拒否し、ただお前たちは、いつもいつも——『私が勝手に愛したのだ』という思いに酔って、ありとあらゆる悲劇や愚挙を引き起こす)

(認めない。そんな愛など——要らない。私は——決して恋などしないだろう。私自身を見つめてくれる、本当に私自身を求めてくれるものがあらわれないかぎり、私はよろこんでこの永劫の孤独の荒野にひとり頭を高く持しているだろう。——お前たちの愛など、いるものか——お前たちの献身や命など、受け取るものか……お前たちは、私を愛したわけじゃない。お前たちは、《私を愛している自分》を愛していただけだ。それだけのことなんだ……)

カツカツと石畳を鳴らして馬は流血の一画を遠くうしろに走り去ってゆく。まだ夜は深く、東の空が白んでくるまでにも、ずいぶんと間があるようであった。今宵は星も月もなく、カリナエの庭園もロザリアの園も深い闇のなかにひっそりとわだかまっている。いずれ遠からぬ未来におこる数々の悲劇や苦しみ、そして戦いと流血と長い苦悶など、夢にも知らぬままに、クリスタルの都はひっそりと眠りこんでいる。たったいま流されたふたつの血も、失われた二つのいのちも、また、その前にひっそりと失われていったたささやかないのちについても、何ひとつ物思うこともなく。

(私は誰も愛さない。愛したりしない。——誰も、私を愛したりするな。私は——私は私だ、私はクリスタル公アルド・ナリス、私は——決して誰とも似ることもできぬ——私は永劫に一人だろう。私は永劫に誇り高く冷たいノスフェラスの荒野のようだろう。私は……)

ナリスは、我知らず、唇に手をあてた。

もう、とっくに、何ヶ月も前のささやかな傷あとなど、消え失せていた。その傷があたえたほんのちょっとした痛みも、また。ひとびとの思いがナリスに向けるささやかな情熱や想いなど、所詮その輝かしい不壊の金剛石に傷を遺すことさえも出来ぬのだ、というかのように。

(お前たちは私のことなんかわかっていやしない。フェリシアだってそうだ。——私は、一人だ。それでいいんだ。それで……)

ナリスは、何かをふりはらうように激しく手をおろした。だがかれのおもてはやはり、冷たく美しい石像のように静かなままであった。

カリナエの美しいすがたが、深い夜の中、馬車のゆくてに大きくあらわれてこようとしていた。

解説――最初のグイン

末弥　純

久し振りにクリスタル公に会った。しかも、若い。生命の力に溢れると同時に、繊細な心を持つ十九歳のナリスらしいナリスだ。以上のことだけで、この本を手にとった人には解説など不要だと思う。と、ここで終わるわけにはゆかないので……。

わたしが、初めてグイン・サーガの插絵のオファーを貰ったとき、その仕事量の多さ、刊行ペースの速さを知り、引き受けていいものかどうか、少し悩んだ。ドサッと既刊本を送ってもらった時、そこに積み上げられた世界の重さを視覚的にも確認できた。

果たしてわたしが、この世界を預かれるか。預かって後、自分の中で消化して生き生きと世界の中の人物を描ききれるか。まず最初に、主人公のグインを描いてそれを試してみた。

外伝「幽霊島の戦士」の原稿を受け取る直前の事。この鉛筆デッサンのグインのラフは、記念すべき一番最初のグインになる。

グインの特徴を抜き出して、先入観に捕らわれず自分なりの豹頭の戦士を描いてみた。リアルな豹がどのような骨格で形かを、細部まで調べて描くのは、これより後になる。

そういうわけで、かなり我流の解釈が加わっている。描いてみてわかったのは、猛獣の頭を人間の脊髄に乗せるのはそれなりに工夫が必要だということだ。この時のグインはまだ、フェザー級ボクサーのようなスレンダーな姿になっている。豹のしなやかさのイメージが先に立っていたからだ。

豹頭の戦士。文字にしてしまえば短いのだが、これを二次元に表現するのはそれなりに試行錯誤が必要だった。このファースト・グインからどのようにプラスαが加えられて行くことになったかは、言葉で説明するよりも本の挿絵で確認していただいた方が早いと思う。

その後、実際の豹の画像を片端から集め、豹の形や表情がどのようなものか調べていった。豹の頭は想定していたよりもかなり丸みを持っていて、強面というよりもかわいらしいものになる。

だが、この丸みを持った頭こそ、頑強なボディとあいまって、王の尊厳と同時に、頼り甲斐のある気さくな面を持つ豹頭の男を、魅力的に醸し出しているのだと分かった。やがて、色々なシーンをよりリアルに表現したいがために、最終的に粘土でグインの頭部を制作した。

時間がなくて細部まで仕上げられなかったのは心残りだが、色々な角度からグインを描く際にとても役立った。

こうして、今、最初のグインとの出会いの時を回想し思うのは、試行錯誤した時間をとても懐かしく感じると共に、貴重な時であったのだ、ということ。締め切りは厳しかったが充実した時だった。

長い長い小説の中に存在する、世界に二人といない豹頭の男、グイン。今も生きて、彼は物語りの大団円へと歩んでいる。

今は挿絵の仕事はバトンタッチしてしまったが、一読者として、彼の今後を期待して見守ってゆきたいと思う。共に中原を、キタイの原を駆け回れた事を今も感謝している。

神楽坂倶楽部 URL
http://homepage2.nifty.com/kaguraclub/

天狼星通信オンライン URL
http://homepage3.nifty.com/tenro/

天狼叢書の通販などを含む天狼プロダクションの最新情報は、天狼通信オンラインでご案内しています。

これらの情報を郵送でご希望のかたは、長型 4 号封筒に返送先をご記入のうえ 80 円切手を貼った返信用封筒を同封して、お問い合わせください。（受付締切等はございません）

〒 162-0805 東京都新宿区矢来町 109　神楽坂ローズビル 3F
（株）天狼プロダクション情報案内グイン・サーガ外 19 係

星雲賞受賞作

ダーティペアの大冒険
高千穂　遙

銀河系最強の美少女二人が巻き起こす大活躍
大騒動を描いたビジュアル系スペースオペラ

ダーティペアの大逆転
高千穂　遙

鉱業惑星での事件調査のために派遣されたダ
ーティペアがたどりついた意外な真相とは？

上弦の月を喰べる獅子 上下
夢枕　獏

仏教の宇宙観をもとに進化と宇宙の謎を解き
明かした空前絶後の物語。日本ＳＦ大賞受賞

プリズム
神林長平

社会のすべてを管理する浮遊都市制御体に認
識されない少年が一人だけいた。連作短篇集

敵は海賊・Ａ級の敵
神林長平

宇宙キャラバン消滅事件を追うラテルチーム
の前に、野生化したコンピュータが現われる

神林長平作品

敵は海賊・海賊版

海賊課刑事ラテルとアプロが伝説の宇宙海賊匋冥に挑む！　傑作スペースオペラ第一作。

敵は海賊・猫たちの饗宴

海賊課をクビになったラテルらは、再就職先で仮想現実を現実化する装置に巻き込まれる

敵は海賊・海賊たちの憂鬱

ある政治家の護衛を担当したラテルらであったが、その背後には人知を超えた存在が……

敵は海賊・不敵な休暇

チーフ代理にされたラテルらをしりめに、人間の意識をあやつる特殊捜査官が匋冥に迫る

敵は海賊・海賊課の一日

アプロの六六六回目の誕生日に、不可思議な出来事が次々と……彼は時間を操作できる!?

マンガ文庫

樹魔・伝説
水樹和佳子
南極で発見された巨大な植物反応の正体は？人間の絶望と希望を描いたSFコミック5篇

月虹—セレス還元—
水樹和佳子
青年が盲目の少女に囁いた言葉の意味は？変革と滅亡の予兆に満ちた、死と再生の物語

エリオットひとりあそび
水樹和佳子
戦争で父を失った少年エリオットの成長を、みずみずしいタッチで描く、名作コミック。

天界の城
佐藤史生
幻の傑作「阿呆船」をはじめとする異世界SF集大成。異形の幻想に彩られた5篇を収録

マンスリー・プラネット
横山えいじ
マンスリー・プラネット社の美人OLマリ子さんの正体は？　話題の空想科学マンガ登場

著者略歴　早稲田大学文学部卒
作家　著書『さらしなにっき』
『あなたとワルツを踊りたい』
『消えた女官』『永遠への飛翔』
（以上早川書房刊）他多数

HM = Hayakawa Mystery
SF = Science Fiction
JA = Japanese Author
NV = Novel
NF = Nonfiction
FT = Fantasy

グイン・サーガ外伝⑲

初《はつ》恋《こい》

〈JA759〉

二〇〇四年五月　十日　印刷
二〇〇四年五月十五日　発行

（定価はカバーに表示してあります）

著者　栗《くり》本《もと》薫《かおる》
発行者　早川浩
印刷者　大柴正明
発行所　株式会社　早川書房
郵便番号　一〇一 - 〇〇四六
東京都千代田区神田多町二ノ二
電話　〇三-三二五二-三一一一（大代表）
振替　〇〇一六〇-三-四七七九九
http://www.hayakawa-online.co.jp

乱丁・落丁本は小社制作部宛お送り下さい。
送料小社負担にてお取りかえいたします。

印刷・株式会社亨有堂印刷所　製本・大口製本印刷株式会社

ISBN4-15-030759-8 C0193